U0895122

和你一起变老

—给爱人朗读—

READ TO LOVERS

凤凰联动◎编著

江苏凤凰文艺出版社
JIANGSU PHOENIX LITERATURE AND ART PUBLISHING, LTD

图书在版编目（CIP）数据

和你一起变老：给爱人朗读 / 凤凰联动编著. —
南京：江苏凤凰文艺出版社，2017.8
ISBN 978-7-5594-0730-6

Ⅰ.①和… Ⅱ.①凤… Ⅲ.①散文集－世界－现代
Ⅳ.①I16

中国版本图书馆CIP数据核字（2017）第138905号

书　　名	和你一起变老：给爱人朗读
编　　著	凤凰联动
责任编辑	孙金荣
策划编辑	章晓明　申丹丹
特约编辑	申丹丹
责任校对	郭慧红
封面设计	金牘文化 DG Culture Communication
版面设计	李　亚
出版发行	江苏凤凰文艺出版社
出版社地址	南京市中央路165号，邮编：210009
出版社网址	http://www.jswenyi.com
印　　刷	三河市金元印装有限公司
开　　本	880毫米×1230毫米　1/32
印　　张	8.5
字　　数	174千字
版　　次	2017年8月第1版　2017年8月第1次印刷
标准书号	ISBN 978-7-5594-0730-6
定　　价	45.00元

（江苏凤凰文艺版图书凡印刷、装订错误可随时向承印厂调换）

目　录　CONTENTS

第一辑　原来你也在这里

第二辑　爱你，就像爱生命

第三辑　一辈子的约定，不多一分不少一秒

第四辑　爱是一生难以磨灭的印记

和你一起变老

— 给爱人朗读 —

第一辑

CHAPTER 1

原来你也在这里

那一晚

林徽因

那一晚我的船推出了河心，
澄蓝的天上托着密密的星。
那一晚你的手牵着我的手，
迷惘的星夜封锁起重愁。
那一晚你和我分定了方向，
两人各认取个生活的模样。

到如今我的船仍然在海面飘，
细弱的桅杆常在风涛里摇。
到如今太阳只在我背后徘徊，
层层的阴影留守在我周围。
到如今我还记着那一晚的天，
星光、眼泪、白茫茫的江边！
到如今我还想念你岸上的耕种：
红花儿黄花儿朵朵的生动。

那一天我希望要走到了顶层，

蜜一般酿出那记忆的滋润。
那一天我要跨上带羽翼的箭，
望着你花园里射一个满弦。
那一天你要听到鸟般的歌唱，
那便是我静候着你的赞赏。
那一天你要看到零乱的花影，
那便是我私闯入当年的边境！

作者简介

林徽因（1904—1955），中国著名建筑师、诗人、作家。她参与了人民英雄纪念碑和中华人民共和国国徽的设计，与丈夫梁思成用现代科学方法研究中国古代建筑，成为这一领域的开拓者。林徽因的诗歌、绘画和音乐在中国现代文坛上很有名气，代表作有《你是人间四月天》《八月的忧愁》《莲灯》等。

朗读指导

除了是世人皆知的“民国才女”，林徽因还有很多身份，她是烈士林觉民的侄女、教育家梁启超的儿媳、建筑师梁思成的妻子、诗人徐志摩的谬斯女神、哲学家金岳霖的红颜知己，这些人个个都是中国现当代某一领域的翘楚。与民国时期的其他著名才女相比，林徽因的人生无疑更顺遂。与萧红相比，她的才气显得更不食人间烟火。同样出身官宦之家，从小都受到良好的教育，林徽因比张爱玲的才艺更全面。

林徽因的诗歌之路是徐志摩帮她开拓的，而徐志摩的新诗创作激情是被林徽因激发出来的，可以说，他们是民国文坛的一对金童玉女。《那一晚》是林徽因的诗歌处女作，她的诗歌一般只反映个人感情的起伏，这首诗恰好表现了对一段感情的细腻回溯。这首诗意境恬静，给人朦胧的美感，朗读时，声调轻柔，感情深沉，带着对爱情的轻轻问候。

我等候你

徐志摩

我等候你。
我望着户外的昏黄，
如同望着将来，
我的心震盲了我的听。
你怎么还不来？希望
在每一分钟上允许开花。
我守候着你的步履，
你的笑语，你的脸，
你的柔软的发丝，
守候着你的一切，
希望在每一分钟上
枯死。——你在哪里？
我要你，要得我心里生痛，
我要你火焰似的笑，
要你灵活的腰身，
要你发上眼角的飞星，
我陷落在迷醉的氛围中，

象一座岛，

在莽绿的海涛间，不自主的在浮沉……

喔，我迫切的想望

你的来临，想望

那一朵神奇的优昙，

开上时间的顶尖

你为什么不来，忍心的？

你明知道，我知道你知道

你这不来于我是致命的一击，

打死我生命中乍放的阳春，

教坚实如矿里的铁的黑暗

压迫我的思想与呼吸，

把我，囚犯似的，交付给

妒与愁苦，生的羞惭

与绝望的惨酷。

这也许是痴。竟许是痴。

我信我却然是痴，

但我不能转拨一支已然定向的舵，

万方的风息，都不容许我忧郁

我不能回头，

命运驱策着我！

我也知道这多半是走向

毁灭的路；但
为了你，为了你
我什么都甘愿；
这不仅是我的热情，
我的仅有的理性亦如此说。
痴！想磔碎一个生命的纤微
为了感动一个女人的心！
想博得的，能博得的，至多是
她的一滴泪
她的一阵心酸，
竟许一半声漠然的冷笑；
但我也甘愿，即使
我粉身的消息传到
她的心里如同传到
一块顽石，她把我看作
一只地穴里的鼠，一条虫
我还是甘愿！
痴到了真，是无条件的，
上帝他也无法调回一个
痴定了心如同一个将军
有时调回已上死线的士兵。
枉然，一切都是枉然，

你的不来是不容否认的存在，
否则我心中烧着拨旺的火，
饥渴者你的一切，
你的发，你的笑，你的手脚，
如何的痴恋与祈祷
不能缩短一小寸
你我间的距离！
户外的黄昏已然
凝聚成夜的乌黑，
树枝上挂着冰雪，
乌雀们典去了它们的啁啾
沉默是这一致穿孝的宇宙。
钟上的针不断地比着
玄妙的手势，像是指点，
像是同情，像是嘲讽，
每一次到点的打动，我听来是
我自己的心的
活埋的丧钟。

作者简介

徐志摩（1897—1931），浙江海宁人，中国现代著名的诗人、散文家，新月派代表人物。徐志摩 1921 年赴英国剑桥大学留学，推崇欧美浪漫主义文风，诗风充盈着浪漫主义的色彩。徐志摩的作品清新脱俗，意境优美，思绪飘逸，代表作品有《偶然》《再别康桥》等。1931 年，徐志摩因飞机失事罹难，令人扼腕。

朗读指导

徐志摩被称为民国第一大才子，他是新月派诗人的重要代表人物，创办了《新月》杂志，被称为新月诗派的“盟主”。徐志摩一生追求自由、爱情和理想，他的才华和他的诗歌像是中国文坛的流星，美丽短暂，却惊艳了一个世纪。除了诗文成就外，徐志摩的感情生活更是为人津津乐道。

这首诗写于他与陆小曼热恋期间，是他对陆小曼痴情的见证，也体现了他对爱情和生活的态度。他与陆小曼如火般的感情，在这首诗里被体现得淋漓尽致。诗人为了能自然流露心中迸发的情感，并没有讲究韵律齐整，而是带着浓郁的散文风格，独树一帜。

这首热情似火的诗很适合在与爱人久别后朗读，以抒发自己难以抑制的思念之情。朗读的时候，情感内敛的读者可以轻声朗读，热情一点的读者不妨深情朗读，感受这首诗的炽烈。

初恋

周作人

那时我十四岁，她大约是十三岁罢。我跟着祖父的妾宋姨太太寄寓在杭州的花牌楼，间壁住着一家姚姓，她便是那家的女儿。

她本姓杨，住在清波门头，大约因为行三，人家都称她作三姑娘。姚家老夫妇没有子女，便认她做干女儿，一个月里有二十多天住在他们家里，宋姨太太和远邻的羊肉店石家的媳妇虽然很说得来，与姚宅的老妇却感情很坏，彼此都不交口，但是三姑娘并不管这些事,仍旧推进门来游嬉。她大抵先到楼上去，同宋姨太太搭讪一回，随后走下楼来，站在我同仆人阮升公用的一张板桌旁边，抱着名叫“三花”的一只大猫，看我映写陆润庠的木刻的字帖。

我不曾和她谈过一句话，也不曾仔细的看过她的面貌与姿态。大约我在那时已经很是近视，但是还有一层缘故，虽然非意识的对于她很是感到亲近，一面却似乎为她的光辉所掩，开不起眼来去端详她了。在此刻回想起来，仿佛是一个尖面庞，乌眼睛，瘦小身材，而且有尖小的脚的少女，并没有什么殊胜的地方，但在我的性的生活里总是第一个人，使我于自己以外感到对于别人的爱着，引起我没有明了的性的概念的，对于异性的恋慕的第一个人了。

我在那时候当然是“丑小鸭”，自己也是知道的，但是终不以此而减灭我的热情。每逢她抱着猫来看我写字，我便不自觉的振作起来，用了平常所无的努力去映写，感着一种无所希求迷蒙的喜乐。并不问她是否爱我,或者也还不知道自己是爱着她，总之对于她的存在感到亲近喜悦，并且愿为她有所尽力，这是当时实在的心情，也是她所给我的赐物了。在她是怎样不能知道，自己的情绪大约只是淡淡的一种恋慕，始终没有想到男女夫妇的问题。有一天晚上,宋姨太太忽然又发表对于姚姓的憎恨，末了说道：

“阿三那小东西，也不是好东西，将来总要流落到拱辰桥去做婊子的。”

我不很明白做婊子这些是什么事情，但当时听了心里想道：

“她如果真是流落做了婊子，我必定去救她出来。”

大半年的光阴这样的消费过去了。到了七八月里因为母亲生病，我便离开杭州回家去了。

一个月以后，阮升告假回去，顺便到我家里，说起花牌楼的事情，说道：

“杨家的三姑娘患霍乱死了。”

我那时也很觉得不快，想像她的悲惨的死相，但同时却又似乎很是安静，仿佛心里有一块大石头已经放下了。

作者简介

周作人（1885—1967），浙江绍兴人，鲁迅的弟弟，中国现代著名散文家、翻译家、思想家，新文化运动的杰出代表，开拓了中国民俗学。周作人是一个有争议的人物。抗战时曾任伪华北政务委员会教育总署督办，这成为其一生的污点。周作人的文风较为清新，文字读起来如同家常话语，他的语言风格受到西方文学和日本文学的影响，有着较高的文学素养，一直为读者喜欢。

朗读指导

有人说周作人的散文太过“平淡”，但是这也许就是他散文达到极致的原因。他的“平”是波澜不惊，他的“淡”带着超然。《初恋》就是这样一篇飘然于世俗的美文，看似平淡如水，实则高雅，富含韵味。散文语言的高超之处，莫过于自然。全文不过千把字，却清晰准确地刻画出了一个十四岁男孩懵懂的爱情。可以说，这篇小散文突出地体现了周作人的散文艺术成就，力求用平和的语言向人们传播新的思想。

倒上一杯清茶，在阳光明媚的午后，找一处绿荫，轻轻地念读。这份淡淡的情，这份淡淡的悲，让每一个人感同身受。我们可以静穆地为自己读下此文，好似在和自己恬淡地诉说着过往的故事。心在沉静，让你情不自禁地想合上双眼，做一个回忆的幻梦，慢慢品味生命的本真。

邮吻

刘大白

我不是不能用指头儿撕，
我不是不能用剪刀儿剖，
只是缓缓地
轻轻地
很仔细地挑开了紫色的信唇；
我知道这信封里面，
藏着她秘密的一吻。

从她底很郑重的折叠里，
我把那粉红色的信笺，
很郑重地展开了。
我把她很郑重地写的
一字字一行行，
一行行一字字地
很郑重地读了。

我不是爱那一角模糊的邮印，

我不是爱那满幅精致的花纹，
只是缓缓地
轻轻地
很仔细地揭起那绿色的邮花；
我知道这邮花背后，
藏着她秘密的一吻。

作者简介

刘大白（1880—1932），浙江绍兴人。现代著名诗人、文学史家，我国新诗运动的重要倡导者之一。刘大白考过科举，得过优贡生，做过老师，编过报纸。刘大白曾东渡日本，并加入了同盟会，由于受到日本当局的监视，转赴南洋，在当地华侨学校教授国文，后定居杭州，从事教育工作。他的《中国文学史》是一直被忽略的文学成就，直到他去世后才出版，对后世文学研究影响颇深。

朗读指导

《邮吻》写于1925年，是一首新体诗。作者将热恋中人的细腻情感，描写得极为精细。比如在描写拆信、看信动作的时候，突出表现了诗人对这封信的珍惜之意，以及处于热恋中的激动之情。作者立意非常巧妙，由小见大，从生活的一个小小细节出发，把恋爱的美丽展现得绘声绘色。

诗人用了第一人称来叙述，对于我们的阅读非常有利。通读全篇，充满着想象的空间。我们在任何时候都能欢快地朗读这首诗，在作者的文字中体会恋爱的羞涩与敏感，体会生活细微处的美妙与细腻。作者对“爱”的描写是有铺垫的，一层层递进，直到高潮：邮花背后藏着她的一吻。我们在阅读的过程中，也可以很直接地感受到这种情感。想一想自己收到“情书”时的状态，是不是也是一样的小兔乱撞、心花怒放呢？

教我如何不想她

刘半农

天上飘着些微云，
地上吹着些微风。
啊！
微风吹动了我的头发，
教我如何不想她？

月光恋爱着海洋，
海洋恋爱着月光。
啊！
这般蜜也似的银夜，
教我如何不想她？

水面落花慢慢流，
水底鱼儿慢慢游。
啊！
燕子你说些什么话？
教我如何不想她？

枯树在冷风里摇，
野火在暮色中烧。
啊！
西天还有些儿残霞，
教我如何不想她？

作者简介

刘半农（1891—1934），江苏江阴人。我国著名的文学家，中国新文化运动的先驱。刘半农生于清贫的知识分子家庭，文学天赋极高。1917 年，被蔡元培破格聘为北京大学预科国文教授。1920 年，他赴欧深造，是第一个获得法国文学博士学位的中国人，回国后，出任北京大学国文系教授，建立了语音乐律实验室，成为中国实验语音学奠基人。1934 年，刘半农不幸因病去世，年仅 44 岁。

朗读指导

《教我如何不想她》这首诗第一次用了“她”字，改变了旧有文章中“他 / 她”不分的状态，体现了对女性的尊重。这首诗写于 1920 年，是作者在英国留学时所作。这首诗并不是简单的爱情诗，表达了作者身处异乡对祖国和亲人的思念。由于其感情深沉，经常被用来抒发对爱人的思恋。语言学家赵元任曾为这首诗谱曲。

这是一首有着浓郁民歌风格的现代诗，读来朗朗上口，没有任何的难度。“教我如何不想她”贯穿着全文，不断加强着作者的情感热忱度。我们可以深情欢快地大声朗读这首诗，如果你的爱人身处远方，当你读这首诗的时候，一定会有如临其境之感，感受到微风拂面、燕子低喃、夜色如洗。诗人用短短的篇章，恰到好处地写出了你的思念。

烦忧

戴望舒

说是寂寞的秋的清愁，
说是辽远的海的相思。
假如有人问我的烦忧，
我不敢说出你的名字。

我不敢说出你的名字，
假如有人问我的烦忧：
说是辽远的海的相思，
说是寂寞的秋的清愁。

作者简介

戴望舒（1905—1950），浙江杭县（今杭州市余杭区）人。中国现代派象征主义诗人、翻译家。曾和杜衡、张天翼、施蛰存等人成立文学团体兰社，创办《兰友》旬刊。1950 年戴望舒在北京病逝，享年 45 岁。

朗读指导

很多读者最熟悉的还是戴望舒的《雨巷》,《雨巷》描写了江南雨巷的风情和韵味，戴望舒因为这首诗被称为“雨巷诗人”。戴望舒的诗作不算太多，但是他的诗句几乎是情书典范，被一代又一代的人抄写传唱。

这首诗前后两部分颠倒重复，虽有八句，却只有短短三十六个字，在辗转中表达了作者深刻的思念，既意味深长，又激烈迫切。这首诗呈对称排列，形式整齐，受中国格律诗的影响。作者将烦忧具象于大海和清秋，让人通过视觉和触觉来感受烦忧，让读者整个身心都沉浸于诗歌带给的情景里。

这首诗适合向暗恋者表白，适合给爱人表达思念，还适合爱人之间传递小短信。这首诗可以在公园、在卧室、在人群中朗读。朗读时，语速稍慢，可以多读几遍，感受思念被拉长的韵味。

水样的春愁（节选）

郁达夫

正当我十四岁的那一年春天（一九〇九，宣统元年己酉），是旧历正月十三的晚上，学堂里于白天给与了我以毕业文凭及增生执照之后，就在大厅上摆起了五桌送别毕业生的酒宴。这一晚的月亮好得很，天气也温暖得像二三月的样子。满城的爆竹，是在庆祝新年的上灯佳节，我干喝了几杯酒后，心里也感到了一种不能抑制的欢欣。出了校门，踏着月亮，我的双脚，便自然而然地走向了赵家。她们的女仆陪她母亲上街去买蜡烛水果等过元宵的物品去了，推门进去，我只见她一个人拖着了一条长长的辫子，坐在大厅上的桌子边上洋灯底下练习写字。听见了我的脚步声音，她头也不朝转来，只曼声地问了一声"是谁？"我故意屏着声，提着脚，轻轻地走上了她的背后，一使劲一口就把她面前的那盏洋灯吹灭了。月光如潮水似地浸满了这一座朝南的大厅，她于一声高叫之后，马上就把头朝了转来。我在月光里看见了她那张大理石似的嫩脸，和黑水晶似的眼睛，觉得怎么也熬忍不住了，顺势就伸出了两只手去，捏住了她的手臂。两人的中间，她也不发一语，我也并无一言，她是扭转了身坐着，我是向她立着的。她只微笑着看看我看看月亮，我也只微笑着看看她看看中庭的空处，虽然此处的动作，轻薄的邪念，明显的表示，一点儿也没有，但不晓怎样一般满足，深沉，陶醉的感觉，竟同四周的月光一样，包满了我的全身。

两人这样的在月光里沉默着相对，不知过了多久，终于她轻轻地开始说话了："今晚上你在喝酒？""是的，是在学堂里喝的。"到这里我才放开了两手，向她边上的一张椅子里坐了下去。"明天你就要上杭州去考中学去么？"停了一会，她又轻轻地问了一声。"嗳，是的，明朝坐快班船去。"两人又沉默着，不知坐了几多时候，忽听见门外头她母亲和女仆说话的声音渐渐儿的近了，她于是就忙着立起来擦洋火，点上了洋灯。

她母亲进到了厅上，放下了买来的物品，先向我说了些道贺的话，我也告诉了她，明天将离开故乡到杭州去；谈不上半点钟的闲话，我就匆匆告辞出来了。在柳树影里披了月光走回家来，我一边回味着刚才在月光里和她两人相对时的沉醉似的恍惚，一边在心的底里，忽儿又感到了一点极淡极淡，同水一样的春愁。

作者简介

郁达夫（1896—1945），浙江富阳（今杭州市富阳区）人，名郁文，字达夫，中国现代著名作家，新文学团体“创造社”的发起人之一。郁达夫是一个伟大的爱国者。1945 年，他被日军杀害于苏门答腊丛林。1952 年，郁达夫被政府追认为“革命烈士”。

朗读指导

郁达夫的作品几乎都是“自我的表达”，常常用第一人称来进行自述，以表达自己的情感和观点。这种方式给人以坦诚的阅读感受，最能与读者产生共鸣。

郁达夫的作品多是自传性文章，这篇也不例外，它是郁达夫的散文名篇，被称为中国文学史上最动人的文字之一。作者捕捉少男少女们微妙情动的能力，简直让人惊讶！让读者恍然感知，“哦，这就是初恋”！月光下是两小无猜的美好，是水样的情感的流泻，没有一丝轻薄的邪念。郁达夫是很擅长描写欲望的，这段文字便把“情与欲”拿捏得分寸得当、细腻脱俗。

轻轻地诵读这段文字，就好像作者在你耳边轻轻地诉说，那种单纯而洁净的少年情怀，掺杂了明显的羞涩和恰到好处的忧伤，若隐若现、诗情画意，一如曾经我们有过的少年时光，似乎近在咫尺，又恍若天涯。一次一次被这样如泣如诉的文字所打动，一遍一遍痴迷于这纯真无邪的过往爱恋。这哪里只是作者的水样春愁啊！这是我们每一个人的少年离歌！

建议跟爱人一起朗读，将爱的感觉沉入这缠绵的文字里。这篇散文，适合慢速轻声朗读，注意人物角色之间的转换。

丧裳

方玮德

姑娘，我昨夜偷偷地徘徊在你家门外，
我偷偷地踱进去又踱了出来；
一天的北风正带着雪花儿乱舞，
我抵住风抵住雪在你门外徘徊。

姑娘，我额上的雪花融成了冷汗下降，
我眼睑前的雪化成了热泪几行——
我发上，肩上，衣服上，满盖的是雪，
我好象穿了件缟素的丧裳。

姑娘，我想起十年前的曾为我阿娘穿上
凶惨的麻服映出了撕碎的心肠；
母亲的爱早断了我孤心的苦梦，
到如今只剩下父亲，还有——姑娘！

姑娘，我昨夜偷偷地徘徊在你的门外，
雪上的足痕织成了怯懦的悲哀；

今早一阵雪化填满得无影无踪，
姑娘，你猜不到我曾在那里徘徊。

作者简介

方玮德（1908—1935），安徽桐城人，是新月派后期颇有影响力的青年诗人，其诗作受到闻一多、徐志摩的赞赏。方玮德幼年丧母，在祖父的教诲与影响下，打下了坚实的文学基础，中学毕业后，进入南京中央大学外国文学系，学习英国文学。在徐志摩等人的影响下，他开始发表新格律诗。他的诗歌清纯简约、韵律和谐，表达了当时青年不满社会的郁闷情绪，大学毕业后，赴集美大学任教。1935 年，方玮德因肺结核在北京去世，年仅 27 岁。

朗读指导

《丧裳》创作于诗人的大学时期，描写了一个男子对爱情矢志不渝的等待。诗人短暂的一生中，有过一场凄美的爱情传奇。1932 年，诗人来到北京，遇到了黎宪初小姐，对她一见钟情。在诗人热烈的追求下，黎小姐最终被其诚意感动，答应了与诗人订婚。在这期间，他们持续通信，互诉衷肠。可是天不遂人愿，诗人因病早逝，无法与爱人相守一生。但他们的情诗感动了一代又一代的青年。

在这首诗里，我们看到了一个青涩的青年，他面对自己喜爱的姑娘，满怀忐忑，又充满期待。全诗描写了诗人“雪地徘徊”等待的场景：我在你窗前轻轻地走过，你却可能不知道我已来过。在静寂的夜晚给自己的爱人朗读，也可以一起朗读，一起回忆当年“欲说还休”的懵懂心境，也可以自己一个人默默地诵读这首诗，和作者一起体味“暗恋”的滋味。朗读时，可以结合自己所处的环境和情感经历，语气可以灵动，也可以严肃，亦可以深情。

醒来觉得甚是爱你（节选）

朱生豪

“我只愿意凭着这一点灵感的相通，时时带给彼此以慰藉，像流星的光辉，照耀我疲惫的梦寐，永远存一个安慰，纵然在别离的时候。”

“醒来觉得甚是爱你。

这两天我很快活，而且骄傲。你这人，有点太不可怕。尤其是，一点也不莫名其妙。”

“心里不痛快的时候，也真想把你抓起来打一顿才好。”

“我渴望和你打架，也渴望抱抱你。”

“要是世上只有我们两个人多么好，我一定要把你欺负得哭不出来。”

“不要愁老之将至，你老了一定很可爱。而且，假如你老了十岁，我当然也同样老了十岁，世界也老了十岁，上帝也老了十岁，一切都是一样。”

“回答我几个问题：

1. 我与小猫哪个好？

2. 我与宋清如哪个好？

3. 我与一切哪个好？

如果你回答我比小猫、比宋清如、比一切好，那么我以后将不写信给你。”

“我爱你也许并不为什么理由，虽然可以有理由，例如你聪明，你纯洁，你可爱，你是好人等，但主要的原因大概是你全然适合我的趣味。因此你仍知道我是自私的，故不用感激我。”

“我一天一天明白你的平凡，同时却一天一天愈深切地爱你。你如同照镜子，你不会看得见你特别好的所在，但你如果走进我的心里来时，你一定能知道自己是怎样的好法。

你也许会不相信，我常常想象你是多么美好多么可爱，但实际见了你面的时候，你更比我想象美好得多可爱得多。你不能说我这是说谎，因为如果不然的话，我满可以仅仅想你自足，而不必那样渴望着要看见你了。”

“以前我最大的野心，便是成为你的好朋友；现在我的野心，便是希望这样的友谊能持续到死时。谢谢你给我一个等待。”

“你不懂写信的艺术，像‘请你莫怪我，我不肯嫁你’这种句子，怎么可以放在信的开头呢？你试想一想，要是我这信偶尔被别人在旁边偷看了，开头第一句便是这样的话，我要不要难为情？该理是放在中段才是。否则把下面‘今天天气真好，春花又将悄悄地红起来’两句搬在头上做帽子，也很好。‘今天天气真好，春花又将悄悄地红起来，我没有什么意见’这样的句法，一点意味都没有；但如果说‘今天天气真好，春花又将悄悄地红起来，请你莫怪我，我不肯嫁你’，那就是绝妙好词了。如果你缺少这种潜意识，至少也得把称呼上的‘朱先生’三字改作‘好友’，或肉麻一点就用‘孩子’；你瞧‘朱先生，请你莫怪我，我不肯嫁你’这样的话多么刺耳；‘好友，请你莫怪我，我不肯嫁你’，就给人一个好像有不得已苦衷的印象了，虽然本身的意义实无二致；问题并不在于‘朱先生’或‘好友’的称呼上，而是‘请你莫怪我……’十个字，根本可以表示无情的拒绝和委婉的推辞两种意味。你该多读读《左传》。”

“我们都是世上多余的人，但至少我们对于彼此都是世界最重要的人。”

“我想写诗，写雨，写夜的相思，写你，写不出。”

“我想要在茅亭里看雨、假山边看蚂蚁，看蝴蝶恋爱，看蜘蛛结网，看水，看船，看云，看瀑布，看宋清如甜甜地睡觉。”

“我愿意舍弃一切，以想念你终此一生。”

作者简介

朱生豪（1913—1944），中国现代翻译家，中国翻译莎士比亚作品较早的译者，也是翻译作品最多的译者，其译文质量和风格卓具特色，为国内外莎士比亚研究者所公认。朱生豪的诗集有多种，可惜均毁于战火。翻译作品有《莎士比亚戏剧全集》。1944年，朱生豪因劳累过度患肺病早逝。

朗读指导

朱生豪一生只做了两件事：翻译莎士比亚和爱宋清如。他倔强而又执拗，富有才华而又深情专一。他说他是一个“宋清如至上主义者”。

朱生豪被称为最会写情书的人。他总是能将“我更爱你一点”表达得很特别。他说：“我想写诗，写雨，写夜的相思，写你，写不出。”文中这些句子摘自他写给爱人的书信，细细读来，让人不禁嘴角上扬，很适合爱人之间互表爱意。朱生豪对爱情的观点也给我们很多启示，相比较“痴男怨女”的爱情观，他说喜欢是出于自己的私心，不需要爱人的感谢。

可惜天妒英才，朱生豪因患肺结核，32岁就匆匆离世。若能长寿，想必会是文坛的一股清流，能给后人留下更多可爱的话语。他的夫人宋清如也是一代才女，在他去世后，为他整理留下的翻译文稿，并将朱生豪给她的书信整理成册。

文中所摘选的句子可算是情书模板，适合爱人之间互诉衷肠时朗读，也适合在耳鬓厮磨时朗读。朗读的时候，情感应真挚，语调宜轻柔。文中作者提到爱人的名字，朗读的时候读者可以替换成自己爱人的名字。

最后的坚决

刘梦苇

今天我才认识了命运的颜色，
——可爱的姑娘，请您用心听；
不再把我的话儿当风声！——
今天我要表示这最后的坚决。

我的命运有一面颜色红如血；
——可爱的姑娘，请您看分明，
不跟瞧我的信般不留神！——
我的命运有一面黑如墨。

那血色是人生的幸福的光泽；
——可爱的姑娘，请您为我鉴定，
莫谓这不干您什么事情！——
那墨色是人生的悲惨的情节。

您的爱给了我才有生的喜悦；
——可爱的姑娘，请与我怜悯，

莫要把人命看同鹅绒轻！——
您的爱不给我便是死的了结。

假使您心冷如铁地将我拒绝；
——可爱的姑娘，这您太无情，
但也算替我决定了命运！——
假使您忍心见我命运的昏黑。

这倒强似有时待我夏日般热；
——可爱的姑娘，有什么定难？
倘上帝特令您来作弄人！——
这倒强似有时待我如岭上雪。

作者简介

刘梦苇（1900—1929），原名刘国钧，诗人，翻译家。他促进了新格律诗理论的建立和实践发展，是新月诗派的主要发起人之一。20 世纪 20 年代，刘梦苇实践自己的诗歌变革主张，创作新格律诗，引起著名诗人闻一多、徐志摩等人的关注，促进了“新格律诗派”的形成。

朗读指导

刘梦苇在新诗舞台的活动时间不长，但是他的新诗创作理论对现代诗坛有着持续的影响。他与诗人朱湘是挚友，两人都致力于新诗的创作和研究。可惜，两人都英年早逝，实为诗坛的损失。

刘梦苇一生四处流浪，生活困顿，但是他的才华斐然。朱湘、蹇先艾、沈从文等都肯定了他在新诗运动中不可埋没的功绩，称颂他是“新诗形式运动的总先锋”。

这首诗描写了诗人杜鹃啼血般的爱情，表现了他对爱情矢志不渝的决绝。那姑娘是他生命的红色，没有姑娘的爱，生命也许就要终结。对于热恋中的爱人们来说，这首诗的热烈程度正适合表达对爱人的忠贞不渝。朗读时，语调低沉，饱含感情，语速稍慢。

致凯恩

普希金

我记得那美妙的瞬间：
你出现在我的面前，
像昙花一现的幻影，
像纯洁至美的精灵。

在那无尽忧愁的折磨中，
在那虚幻繁华的困扰中，
你温柔的声音在我的耳边萦绕，
你的面容在我的睡梦里徘徊。

很多年过去，
沧桑巨变的激情，
驱散了往日的梦想，
于是我记不起你温柔的声音，
还有你那仙女般背影。

在偏僻的乡村，

在囚禁的灰暗生活中，
我的岁月就那样静静地流逝，
没有倾心的爱人，没有诗意的灵魂，
没有眼泪，没有生命，也没有爱情。

如今灵魂已然觉醒：
这时你又出现在我的面前，
如昙花一现的幻影，
如纯洁至美的精灵。

我的心狂喜，雀跃，
因为它，一切又重新苏醒，
有了倾心的爱人，有了诗意的灵感，
有了生命，有了眼泪，也有了爱情。

作者简介

亚历山大·谢尔盖耶维奇·普希金（1799—1837），俄国著名的作家、诗人，现代俄国文学的奠基人。普希金是19世纪俄国浪漫主义文学的主要代表，被誉为“俄国文学之父”。代表作品有《自由颂》《致大海》等，普希金因为反抗沙皇政府，曾被两度流放，并在沙皇政府的策划下为爱决斗，腹部受伤而死，年仅38岁。

朗读指导

普希金作品崇高的思想性和完美的艺术性使他具有世界性的重大影响，他为俄罗斯创建了俄罗斯文学语言，确立了俄罗斯语言规范。

《致凯恩》被誉为“普希金最美的一首情诗”，是情诗的典范之作。这首诗写于 1825 年，是普希金为爱人凯恩而作的。1825 年，诗人与凯恩不期而遇，一起度过了几天美好的时光。在凯恩离开的那一天，诗人将这首诗送给了凯恩。诗人的爱是美妙幸运的，爱的瞬间也因为这首诗成为了永恒。

这首诗运用了复沓的手法，不断“重叠堆积”某些词句，读者反复诵读时，不难体会诗人对爱情瞬间的刻骨铭心，对离别将临的难舍难分。全诗中，我们没有看到直接描述凯恩外貌的句子，却处处感受到了她的美带给诗人的神奇力量。这首诗适合与爱人一起朗读，歌颂两个人的爱情。当然也适合表白时朗读。

如果回忆就是忘却

狄金森

如果回忆就是忘却，
那么，我不再记住。
如果忘却就是回忆，
那么，我曾多么接近于忘却。
如果相思，是娱乐，
而哀悼，是喜悦，
那么，我的手指何等欢快，
今天，它们采撷到了这些。

作者简介

艾米莉·狄金森（1830—1886），20 世纪现代主义诗歌的先驱之一，美国传奇隐世诗人，被誉为“花园中的孤独诗人”。她在美国诗坛的位置与美国文学之父欧文、人文主义诗人惠特曼比肩。

狄金森从 25 岁开始，就过上了“隐士”般的生活，没有社交生活，在孤独中埋头写诗，留下了 1800 多首诗歌。她生前只发表过 7 首，其余都是在她死后才被读者熟知的。狄金森的诗风非常独特，意象清新、文字细腻、思想凝练，往往以自然、生命、永生等作为诗歌主题。可以说，狄金森深锁在盒子里的诗篇是她留给世人最大的礼物。代表作品有《如果》《希望》《神奇的书》等。

朗读指导

狄金森的诗歌并不是直白的，它需要我们结合自己的生活经历来加以理解。这首诗既可以被解读为纯粹的爱情小诗，也可以被广泛理解为对一切美好事物的想念。也许你常常会问自己，到底有没有天长地久的爱情，其实，只要真心地付出、执着地追求，天长地久的爱情就在你的心中。我们从来不曾忘记，正如我们从来无须想起，因为它就在那里，一直美好地存在着。所以，我们需要做的就是勇敢地去“采撷”，最珍贵的礼物并不是采撷到了什么，而是你在采撷过程中收获的一切。

在诗人的语言里，我们追问生命的奥秘。如果相思是娱乐，哀悼是喜悦，那人世间也不会有疾苦与悲伤。一切悲喜，皆由心生。一切爱恋，皆可美好。这首狄金森的小诗，可以引发我们无限的遐想，给爱人朗读时，爱人会感受到你发自内心的呼唤。

野蔷薇

歌德

少年看到一朵蔷薇，
那是一朵开在荒野的蔷薇，
如此娇艳，鲜嫩，
少年急急忙忙走过去，
欢喜地看着花朵。
蔷薇，蔷薇，红蔷薇，
开在荒野的小蔷薇。

少年说："我要采折你，
荒野的小蔷薇！"
蔷薇说："我会刺伤你，
让你永远记住，
我不愿被你采折。"
蔷薇，蔷薇，红蔷薇，
开在荒野的小蔷薇。

少年野蛮地去采折她，

荒野的小蔷薇；
蔷薇奋起自卫，刺伤他，
她即使心怀伤悲，
还是被折断了花束。
蔷薇，蔷薇，红蔷薇，
开在荒野的小蔷薇。

作者简介

约翰·沃尔夫冈·冯·歌德（1749—1832），德国著名思想家、作家、科学家，德国“狂飙突进”运动代表人物之一。歌德的文学作品囊括了诗歌、小说、散文等各种文学体裁，形式极其丰富。他早期曾为魏玛公国服务，中年时期迷恋上了自然科学研究，并在这一领域深耕不断，取得了一定成就。此外，歌德还是很有天赋的画家，留下了2000多幅绘画作品。1813年后，歌德开始对中国感兴趣，接触了许多中国的文学作品，这些中国文学作品也激发了歌德的创作灵感。歌德对世界文学的影响是巨大的，他的名作《浮士德》被称为“欧洲文学的四大古典名著之一”。

朗读指导

《野蔷薇》是歌德为早年的恋人芙丽德利凯改写的民歌，是诗人早期闻名的爱情诗。以“蔷薇”为主题的爱情诗非常多，歌德的这首《野蔷薇》正是其中的佼佼者，被后世广泛传唱。这首诗读起来朗朗上口，具有很强的节奏感和韵律美。在德国的诗歌传统中，“蔷薇”经常被用来象征“爱情”，代表着女性的美丽。

全诗的三个章节，对应着三个阶段：少年发现小蔷薇——少年要采小蔷薇——少年采了小蔷薇。情节连贯递进，语言生动简练。这首诗适合静下心来，与爱人慢慢诵读。蔷薇像一位期待爱情的美丽女子，它的命运是悲惨的，但它依旧顽强不屈地与命运抗争着，为自己的爱恋而努力争取着。在爱情的风吹雨打中，无论境况多么恶劣，依旧要为自己的“爱”而争取！蔷薇尚且能如此，我们有什么理由向困阻屈服呢？

罗密欧与朱丽叶

莎士比亚

第二幕　第二场　艾普莱特家的花园

罗密欧上。朱丽叶自上方窗户中出现。

罗密欧：轻声！那边窗子里亮起来的是什么光？那就是东方，朱丽叶就是太阳！起来吧，美丽的太阳！那是我的意中人；啊！那是我的爱；唉，但愿她知道我在爱着她！她欲言又止，可是她的眼睛已经道出了她的心事。待我去回答她吧；不，我不要太鲁莽，她不是对我说话。天上两颗最灿烂的星，因为有事他去，请求她的眼睛替代它们在空中闪耀。要是她的眼睛变成了天上的星，天上的星变成了她的眼睛，那便怎样呢？她脸上的光辉会掩盖了星星的明亮，正像灯光在朝阳下黯然失色一样；在天上的她的眼睛，会在太空中大放光明，使鸟儿误认为黑夜已经过去而唱出它们的歌声。瞧！她用纤手托住了脸，那姿态是多么美妙！啊，但愿我是那一只手上的手套，好让我亲一亲她脸上的香泽！

朱丽叶：唉！

罗密欧：她说话了。啊！再说下去吧，光明的天使！因为我在这夜色之中仰视着你，就像一个尘世的凡人，张大了出神的眼睛，瞻望着一个生着翅膀的天使，驾着白云缓缓地驰过了天空一样。

朱丽叶：只有你的名字才是我的仇敌；你即使不姓蒙太古，仍然是这样的一个你。姓不姓蒙太古又有什么关系呢？它又不是手，又不是脚，又不是手臂，又不是脸，又不是身体上任何其他的部分。啊！换一个姓名吧！姓名本来是没有意义的；我们叫做玫瑰的这一种花，要是换了个名字，它的香味还是同样的芬芳；罗密欧要是换了别的名字，他的可爱的完美也决不会有丝毫改变。罗密欧，抛弃了你的名字吧；我愿意把我整个的心灵，赔偿你这一个身外的空名。

罗密欧：那么我就听你的话，你只要叫我做爱，我就重新受洗，重新命名；从今以后，永远不再叫罗密欧了。

朱丽叶：我的耳朵里还没有灌进从你嘴里吐出来的一百个字，可是我认识你的声音；你不是罗密欧，蒙太古家里的人吗？

罗密欧：不是，美人，要是你不喜欢这两个名字。

朱丽叶：告诉我，你怎么会到这儿来，为什么到这儿来？花园的墙这么高，是不容易爬上来的；要是我家里的人瞧见你在这儿，他们一定不让你活命。

罗密欧：我借着爱的轻翼飞过园墙，因为砖石的墙垣是不能把爱情阻隔的；爱情的力量所能够做到的事，它都会冒险尝试，所以我不怕你家里人的干涉。

朱丽叶：要是他们瞧见了你，一定会把你杀死的。

罗密欧：唉！你的眼睛比他们二十柄刀剑还厉害；只要你用温柔的眼光看着我，他们就不能伤害我的身体。

朱丽叶：我怎么也不愿让他们瞧见你在这儿。

罗密欧：朦胧的夜色可以替我遮过他们的眼睛。只要你爱我，就让他们瞧见我吧；与其因为得不到你的爱情而在这世上挨命，还不如在仇人的刀剑下丧生。

朱丽叶：谁叫你找到这儿来的？

罗密欧：爱情怂恿我探听出这一个地方；他替我出主意，我借给他眼睛。我不会操舟驾舵，可是倘使你在辽远辽远的海滨，我也会冒着风波寻访你这颗珍宝。

朱丽叶：幸亏黑夜替我罩上了一重面幕，否则为了我刚才被你听去的话，你一定可以看见我脸上羞愧的红晕。我真想遵守礼法，否认已经说过的言语，可是这些虚文俗礼，现在只好一切置之不顾了！你爱我吗？我知道你一定会说“是的”；我也一定会相信你的话；可是也许你起的誓只是一个谎，人家说，对于恋人们的寒盟背信，天神是一笑置之的。温柔的罗密欧啊！你要是真的爱我，就请你诚意告诉我；你要是嫌我太容易降心相从，我也会堆起怒容，装出倔强的神气，拒绝你的好意，好让你向我婉转求情，否则我是无论如何不会拒绝你的。俊秀的蒙太古啊，我真的太痴心了，所以也许你会觉得我的举动有点轻浮；可是相信我，朋友，总有一天你会知道我的忠心远胜过那些善于矜持作态的人。我必须承认，倘不是你乘我不备的时候偷听去了我的真情的表白，我一定会更加矜持一点的；所以原谅我吧，是黑夜泄露了我心底的秘密，不要把我的允诺看作无耻的轻狂。

罗密欧：姑娘，凭着这一轮皎洁的月亮，它的银光涂染着这些果树的梢端，我发誓——

朱丽叶：啊！不要指着月亮起誓，它是变化无常的，每个月都有盈亏圆缺；你要是指着它起誓，也许你的爱情也会像它一样无常。

罗密欧：那么我指着什么起誓呢？

朱丽叶：不用起誓吧；或者要是你愿意的话，就凭着你优美的自身起誓，那是我所崇拜的偶像，我一定会相信你的。

罗密欧：要是我的出自深心的爱情——

朱丽叶：好，别起誓啦。我虽然喜欢你，却不喜欢今天晚上的密约；它太仓促太轻率、太出人意外了，正像一闪电光，等不及人家开一声口，已经消隐了下去。好人，再会吧！这一朵爱的蓓蕾，靠着夏天的暖风的吹拂，也许会在我们下次相见的时候，开出鲜艳的花来。晚安，晚安！但愿恬静的安息同样降临到你我两人的心头！

罗密欧：啊！你就这样离我而去，不给我一点满足吗？

朱丽叶：你今夜还要什么满足呢？

罗密欧：你还没有把你的爱情的忠实的盟誓跟我交换。

朱丽叶：在你没有要求以前，我已经把我的爱给了你了；可是我倒愿意重新给你。

罗密欧：你要把它收回去吗？为什么呢，爱人？

朱丽叶：为了表示我的慷慨，我要把它重新给你。可是我只愿意要我已有的东西：我的慷慨像海一样浩渺，我的爱情也像海一样深沉；我给你的越多，我自己也越是富有，因为这两者都是没有穷尽的。（乳媪在内呼唤）我听见里面有人在叫；亲爱的，再会吧！——就来了，好奶妈！——亲爱的蒙太古，愿你不要负心。再等一会儿，我就会来的。（自上方下。）

罗密欧：幸福的，幸福的夜啊！我怕我只是在晚上做了一个梦，这样美满的事不会是真实的。

朱丽叶：亲爱的罗密欧，再说三句话，我们真的要再会了。要是你的爱情的确是光明正大，你的目的是在于婚姻，那么明天我会叫一个人到你的地方来，请你叫他带一个信给我，告诉我你愿意在什么地方、什么时候举行婚礼；我就会把我的整个命运交托给你，把你当作我的主人，跟随你到天涯海角。

作者简介

威廉·莎士比亚（1564—1616），英国文学史上最杰出的戏剧家，全世界最卓越的文学家之一。莎士比亚是欧洲文艺复兴时期最重要、最伟大的作家，他流传下来的作品包括37部戏剧、154首十四行诗、2首长叙事诗，这些作品被翻译成世界各国的语言，搬上全世界的舞台。

朗读指导

《罗密欧与朱丽叶》创作于1595年，是莎士比亚著名的戏剧作品之一。戏剧讲述了罗密欧与朱丽叶真心相恋，却因家族仇恨而无法相守，最后双双殉情的故事，是一部家喻户晓的爱情悲剧。这部作品倡导自由平等、婚姻自主和个性解放，具有很高的艺术价值。

《罗密欧与朱丽叶》让我们感受着爱情的力量。在爱情的鼓励下，主人公可以冲破藩篱，可以勇往直前，可以舍弃生命。《罗密欧与朱丽叶》第二幕的台词富有青春气息，有浪漫的抒情色彩，男女主人公在月下互诉衷情，充满太阳、月亮、火炬等美丽明亮的意象，似乎为爱情奏上了一曲情意缠绵的颂歌。我们在朗读的时候，可以与爱人分角色朗读，在朗读时，代入自己的情感，与爱人在互动中感受爱情的激荡。

我来这里是想看……

塞尔努达

我来这里是想看你的脸
像盛开的金雀花一样可爱，
我来这里是想看你的影子，
他带着来自远方的微笑。

我来这里是想看墙
无论是屹立的，还是倒下的，
我来这里是想看那些东西，
它们在这里，已经昏昏欲睡。

我来这里是想看海
它在意大利的小窗外沉睡，
我来这里是想看看门，
它们显出岁月的旧颜色。

我来这里是想看死神
和她手上的扑蝶网，

我来是想要等你
伸出双臂，向天空祈祷，
我不知道为什么来；
睁眼的那一刻已在你身边。

作者简介

路易斯·塞尔努达（1902—1963），西班牙著名诗人，“二七一代”代表诗人。塞尔努达从小对诗歌有浓厚兴趣，后来就读于塞维利亚大学，并得到了硕士学位。因结识希梅内斯，开始发表诗作，跻身西班牙的文学界。1938年因西班牙内战开始流亡，此后辗转英、美、墨西哥直至去世，一生都没有再回到祖国。诗人的一生创作了14本诗集，这些作品贯穿着理想和现实的矛盾，他的创作深深影响了几代西班牙诗人。

朗读指导

《我来这里是想看……》创作于塞尔努达“超现实主义时期”，大概是1929—1933年创作的作品。其实，爱情并非是诗人最重要的创作主题，他一生只写过三本爱情诗集，但他的爱情诗却展现着那时少有的勇气，让读者感受到一种对爱纯粹的真诚与坦荡。

这首诗以“我来这里是想看……”的格式反复重叠，虽然没有直接地表达爱恋，却通过“意象”的反衬，把作者对爱人的情感表现得细腻可感。诗人的爱是独一无二的爱，是给独一无二的人的。诗句看似随意，其实是随感情奔流，用一种“随意”来表达情感的自然。“睁眼的那一刻已在你身边”也必然在情理之中。

在午后暖暖的阳光下，伴随着喜悦的心情，将这首诗朗读给我们的恋人。朗读时，语调可以是轻松愉快的，声音可以是低沉的，带一点儿祈求的感觉。

当你与我分别

拜伦

当你与我分别，
我们的流泪肆虐；
一别此去经年，
两颗心天涯各一边。
苍白的双颊泛冷，
一吻更添凄凉；
别后伤情，
此刻已经初见。

寒晨露水浓，
打湿双眉，冷了真心
我已有所感触：
悲伤再所难免。
誓言已被打碎，
光芒不复存在。
谈起过往的名字，
也会感到羞愧。

每听到你的名字，
就像钟声穿入耳中。
心房也会发颤，
只怪往日情谊深。
他们都无法明了，
我的依恋和不舍。
此恨绵绵无绝期，
不言才知是悲情，

曾经我们秘密相约，
现在你我默默痛苦。
你已忘却过往，
一片痴心枉被辜负。
如果你我再次相见，
时隔多年，
你我该如何致意？
以沉默，以眼泪。

作者简介

乔治·戈登·拜伦（1788—1824），英国19世纪初期伟大的浪漫主义诗人。拜伦天生残疾，有一条腿不太灵便，这使得他的性情有一些敏感，也深深地影响着他的创作。拜伦在他的诗歌里创作了很多“拜伦式的英雄”。拜伦是一位伟大的诗人，同时也是一个勇敢的战士，为自己的理想坚定地奋斗着。1823年，诗人投身于“希腊民族解放运动”中，并为这项事业献出了自己的生命。

朗读指导

《当你与我分别》发表于1816年，是诗人为数不多的短篇叙事诗之一。拜伦一生情感丰富，有过许多爱人，他几乎为自己的每一个爱人都写过诗篇。这首诗回忆了诗人与情人离别时的场景、离别时的感受，以及多年后再次相遇的心情。全诗感情真挚，毫无矫揉造作之感。“沉默”与“眼泪”的反复引用，营造出一种压抑的气氛，表达出作者无法平复的痛苦心境。

因为这首诗的社会和时代因素较少，使得它跨越了时间与地域，在全世界的读者中引起了深深的共鸣。浪漫的爱意、悲凄的感怀，无不深深打动着我们。在我们与爱人分别再相聚的时候，可以拿出这篇诗作，给爱人深情地朗读。由于诗歌用词简单，表达顺畅，所以朗读起来简短有力，适合反复吟诵传唱。

雏菊

缪塞

我爱你，
却没有说什么，
只是深深记住你微笑的样子。

我爱你，
只要还有一息尚存，
不需要知道你对我是否有同样的感情。

这是我的秘密，
这是我独属的淡淡忧伤——
那不给予我痛苦的忧伤，我备感珍惜。

我宣誓：
我爱你，
但要放弃你，
不怀抱任何希望，
但不是没有留下幸福。

——只要能够思念你，
就已经足够幸福，
即使无法看到你在我面前微笑。

作者简介

阿尔弗雷德·德·缪塞（1810—1857），法国杰出的浪漫主义剧作家、诗人。在缪塞短暂的一生中，大部分作品都成就于其30岁之前。

1833年，他与女作家乔治·桑相恋，这给他的人生带来了巨大的改变。与乔治·桑分手后，个人情感的失意和动荡不安的社会触发了作者的创作热情，作者许多伟大的作品皆是创作于这个时期。缪塞的代表作《四夜》被列为法国浪漫派抒情诗的杰作。

朗读指导

正如缪塞的诗歌主张一样，《雏菊》所表达的爱情观，也是纯粹的、直接的、没有任何目的的。在诗歌中，作者就是一个默默奉献的爱人，爱着心中的挚爱，不求回报。只要远远地看到爱人，只要静静地感知爱人，便十分满足。在诗人看来，诗歌就应该表现人的真实情感，诗歌就应该为人抒发情感而创作，而不应该附加上多余的元素。

在这首诗里，我们感受到的是一种最纯粹的爱恋，是诗人对爱情、对人生美好的憧憬，饱含激情，极其适合我们深情地读给自己的爱人听。即使爱人不在身边，或者暂时还没有恋爱的对象的朋友们，也可以饱含感情地把它读出来，献给自己心底的那份纯粹与美好。

朗读时，请将“我爱你”三个字大声朗读出来，平时的我们太矜持，用朗诵的方式传递情意，也不失为一个好的选择。

一盏灯破碎了

雪莱

一

一盏灯破碎了，
它的光亮在灰尘中熄灭；
当天空的云散了，
彩虹的绚烂也会随即消失。
如果琴弦断了，
甜美的琴音将不再被弹起；
若是把情话一次讲完，
爱情就失去了它的悠长和浓郁。

二

有了琴弦和灯盏，
才会有乐音和光明。
如果精神消沉，
就没有会唱歌的心灵。
——没有歌唱，只有哀悼，

像低吟着吹过废墟的风，
像是奏响哀歌的波涛
为逝去的水手哭泣。

三

两颗心一旦相爱，
爱情就会离开它特定的巢穴，
而那较弱的一方
必须承受它拥有爱情的煎熬。
哦，爱情！
你在哀吟天意弄人，
何以偏偏要找
最脆弱的心灵
做你的摇篮、终点、灵柩？

四

它用热情来震撼你，
犹如风暴对海鸟的洗礼；
理智也会嘲讽你，
犹如冬日天空的阳光。
你的巢穴上的椽木
也将腐烂，

当冷风吹起，
叶随风而落，
只留下你的华屋
和你，一起暴露在嘲讽里。

作者简介

珀西·比希·雪莱（1792—1822），英国著名作家、浪漫主义诗人。雪莱受空想社会主义思想影响颇深，是英国第一位社会主义诗人，并坚信“柏拉图主义”。雪莱的一生非常短暂，却创造了《解放了的普罗米修斯》《倩契》《西风颂》等不朽的作品。1822 年 7 月 8 日，雪莱在回家途中，不幸遭遇海上风暴，意外覆舟而亡。虽然雪莱在 30 岁就意外离开了人世，但他仍旧被认为是历史上最出色的英语诗人之一。

朗读指导

雪莱的一生只有短短 30 年，但是他留下了不少享誉世界的名篇。雪莱的诗篇大多充满了民主思想和斗争精神，《解放了的普罗米修斯》是体现他的哲学思想和社会理想的著名诗剧，雪莱依托于古希腊神话，创作这一长篇诗剧，表达了他对英国当时的统治者暴力镇压人们的愤慨。

“冬天来了，春天还会远吗？”这一打动世界的名句出自雪莱的《西风颂》，表达了作者坚持美好光明世界必将来临的信念。雪莱与拜伦、济慈生活在同一时期，他们是继柯尔律治、华兹华斯等“湖畔诗人”之后的浪漫主义诗人代表。

本文所选诗创作于1822年，这一年是诗人生命的终点。这首诗是诗人送给爱情的一首颂歌，爱情是他人生的琴弦、灯盏，没有爱情，他的生命再也没有琴声和光明。“哦，爱情！你在哀吟天意弄人，何以偏偏要找最脆弱的心灵做你的摇篮、终点、灵柩？”这是作者对爱情痛彻心扉的呼喊。这首诗充溢着对爱情的渴求，适合略带悲怆地朗读。

就这样静静地聆听

茨维塔耶娃

就这样静静地聆听，
如同河流
用心倾听自己的源头。
就这样用力地嗅，
闻一朵小花，
直到自己失去知觉。

就这样，
在蔚蓝的天空下
将自己融入无尽的渴望。
就这样，
在被单的蓝色里
任孩子遥望那记忆的远方。

就这样，
少年如水中的莲花，
任温泉一样的血液流过身体。

……就这样，

迷恋上爱情，

就这样，任自己坠入爱的深渊。

作者简介

玛琳娜·伊万诺夫娜·茨维塔耶娃（1892—1941），俄罗斯著名的诗人、散文家、剧作家。她是20世纪文学史上极其重要的俄罗斯诗人。茨维塔耶娃生于高级知识分子家庭，从小受到极好的文学和音乐启蒙，18岁出版第一本诗集，受到了文坛的极大关注。代表作品有《里程碑》《魔灯》《我想和你一起生活》等。她的诗大多以生命、死亡、爱情、祖国等为主题，作品精美，思想深邃，给人以极大的精神震撼。

“十月革命”爆发后，茨维塔耶娃开始了悲惨的流亡生活。1939年，诗人带着家人返回苏联，却遭受了一段始料未及的厄运，精神与身体受到了严重的迫害。1941年8月31日，在极端痛苦中，茨维塔耶娃选择自缢身亡。

朗读指导

对于茨维塔耶娃的文学地位的评价，诺贝尔文学奖评委会曾表示，茨维塔耶娃错失文学奖是她的遗憾，也是评奖委员会的遗憾。《就这样静静地聆听》是茨维塔耶娃颇具代表性的作品。全诗以“就这样”统领结构，在诵读的过程中，跟着作者的引导，自然而然地与诗人发生情感上的共鸣。

每次朗读这首诗，你都会有不同的感受，仿佛文字中弥漫着某种神秘的气息。“就这样静静地聆听”，你会自然而然地把朗读的语气降低，轻轻地、深情地朗读下去。这实在是一首极适合女性读者读给爱人的作品，它仿佛是诗人塑造的一个梦，异常美丽清新，在静谧的夜晚，散发着爱情的气息。

此刻万籁俱寂

彼特拉克

此刻万籁俱寂，没有一丝微风，
只有沉沉入睡的野兽和鸟儿。
夜幕上点缀这点点星光，
海水静静地躺在沙滩，没有一丝波动。

我观望，思索，燃烧，哭泣，
那个站在我面前的人毁了我，还给我甜蜜的伤悲，
我的职责是战斗，却只能愤怒、心碎，
只有她才能给我的心里带来一些安慰。
她像是充满生气又清冽的源泉，
无限制给我提供养分，让生活变得既苦涩又甜蜜，
只有那只温柔的手才能治愈我，抚慰我内心深处。
我遭受苦难，也无法到达彼岸；
每天我死去一千次，也重生一千次，
我离想要的幸福，还很遥远。

作者简介

佛朗西斯科·彼特拉克（1304—1374），意大利著名学者、诗人，他是文艺复兴的发起者，被誉为“文艺复兴之父”。彼特拉克出身于佛罗伦萨的名门望族，由于父亲坚决地支持新兴资产阶级，7岁时和父亲流亡于法国，后学习法律，进入宗教界，成为一名教士。在担任教士期间，他坚持写作，并在1338年完成了著名的叙事史诗《阿非利加》。彼特拉克以十四行诗著称，是欧洲抒情诗的先驱，莎士比亚、乔叟等人都模仿过他的诗体，被后世称为“诗圣”。

朗读指导

《此刻万籁俱寂》是诗人众多爱情诗的代表作之一，也是其十四行诗的代表作。生活在中世纪的诗人一扫既往诗人隐晦不明、神秘难懂的创作风格，直抒胸臆地坦露了自己对幸福生活的向往，以及对大自然的热爱，冲破了宗教禁欲主义的藩篱。诗人在23岁时爱上了一位骑士的妻子劳拉，并对她一往情深。诗人的很多爱情诗篇，都是献给劳拉的。在诗人的笔下，劳拉已不单单是一个个体，而是单纯、真实的新时代女性的代表。诗人见识了教会的黑暗、腐败和罪恶，逐渐形成了人文主义世界观，成为文艺复兴之路的开辟者。

这首诗格调清新，朗朗上口，百读不厌，把十四行诗推到了完美的境地。在诗人的笔下，爱人有着神奇的抚慰效果，给予“我”养分、甜蜜、战胜死亡的力量。爱情诗充满甜蜜和伤悲，但是爱情的欢乐依然值得我们大胆地追求。我们在给爱人朗读时，建议带着感激的语调，似有缓缓倾诉之感。

没有听她说一个字

萨福

说实话，我宁愿死去，
她离开时候，
久久地无法停止哭泣；
她对我说：
“一定得忍受这次离别，萨福。
我这次并非自愿离开。”
我说：“去吧，快快活活的，
但是要记住（你清楚地知道）
你即使离开，依然带着爱的镣铐。
如果你忘记了我，请回想
我们献给阿弗洛狄忒的礼物，
和我们一起经历的所有甜美
以及头上那些紫罗兰色的装饰，
你年轻的头上的
那串玫瑰花蕾、莳萝和番红花。

芬芳的花药掉落在

你的头上和柔软的垫子上，少女们
和她们的爱人在一起，
如果没有我们的声音
就没有合唱的歌声，如果
没有歌声，就没有开满鲜花的树林。”

作者简介

萨福（约前630—约前592），古希腊著名的女抒情诗人。萨福生于一个贵族家庭，受父亲的熏陶，从小便迷上了吟诗写作，她一生写过很多的情诗，是全世界古代为数极少的几位女诗人之一。萨福成年后嫁给了一位贵族，并生下了一个女儿，但是没过多久，她便离开了家庭，独自返回了故乡。在她的家乡，萨福建立了一所女子学校，专门教导女孩子写作诗歌。

朗读指导

有关萨福的史料不多，但是人们都知道：在古希腊人眼中，她是能与荷马相提并论的女诗人。柏拉图曾赞誉她是“第十位缪斯”。

《没有听她说一个字》是一首关于爱与离别的诗歌。萨福是第一个以第一人称表达爱情情感的诗人。整篇诗作以“个人”的名义来吟唱，打破了当时借助“神”的名义来吟诵的传统，具有跨时代的意义。全诗温婉典雅、真情率性，表达了爱人双方分离时的痛苦，以及彼此深沉的爱意。

这首诗的情感是复杂的，恋人分离是多么伤感，但是彼此曾经的美好，似乎又足以支撑着彼此继续生活，等待新的相聚。当我们与爱人暂时分离，或正处在与恋人分离的状态，这首诗篇是很好的疗愈之作，深情地为爱人或自己朗读出来吧！那些曾经的甜蜜总会重新回到我们身边。

建议朗读时，语速慢一点，声音低一点，像是在劝诫，又像是在诉说。

傲慢与偏见（节选）

简·奥斯丁

伊丽莎白马上又高兴得顽皮起来，她非要达西先生讲一讲爱上她的经过。她问："你是什么开始喜欢上我的？我知道，你只要开始喜欢了，就会一往无前地继续下去；可是，你最初怎么会有这么一个念头的？"

"我也说不准，反正一定是在某个时刻和某个地方，看见你的背影，听到了你的谈吐，这些已经足以使我开始爱上你。开始喜欢已经是好久以前的事。等我发觉自己开始爱上你的时候，我已经走了一半路了。"

"我的美貌并不足以打动你；至于我对你的态度，我对你大致也不是很有礼貌，我们之间的谈话，没有哪一次没让你感到伤心难过的。请你老老实实向我坦白，你是不是爱上了我的唐突无礼？"

"我爱你的古灵精怪。"

"你还不如说你喜欢我的唐突，我十足的唐突。事实上，也许还是因为，你已经厌烦了殷勤多礼的客套。天下有这么一种女人，她们无论是说话、思想、表情，都只是为了博得你的关注和赞扬，你对这种女人已经觉得腻厌。你之所以会关注我，会喜欢上我的样子，就因为我不像她们。你之所以会爱我，也是因为你自己也是像我一样可爱的人；虽然你想尽办法来遮掩你身上这种跟我一样的特质，但是你的情感毕竟是高贵的，你的价值观也是正确的，所以，你心目中根本看不起那些拼命讨好你的人。我自己这么一盘算，你也不必向我解释了，我觉得你对我的爱完全合情合理。说实在的，你应该完全没有发现我有什么特长；不过，随便什么人，在恋爱的时候，也都不会想到这种事情。"

"当初吉英在尼日斐花园病了，你对她那样温柔体贴，不正是你的特长吗？"

"吉英真是太好了！那个时候，谁又不会好好照顾她？你就把这件事归因于我的品质吧。我一切优美的品质都全靠你夸奖，你爱怎么说就怎么说吧；我可是只知道找机会跟你争论，还嘲笑你的人；说到这里，我还是要跟你争论一下：你为什么总是不愿意直接爽快地谈到正题？你第一次来我家拜访，第二次来我家吃饭，为什么一见到我就害臊？尤其是你来拜访的那一次，你为什么显出那副神气，好像一点儿也不把我放在心上？"

"因为你一直板着脸，一句话也不说，我怎么敢跟你攀谈。"

"可是，那是我觉得难为情呀。"

"我也一样。"

"那么，你来吃饭的那一次，也可以跟我多谈谈呀。"

"要是爱你爱得少些，话也许就可以多说一些。"

“你的解释总是这样有逻辑，我又偏偏这样懂逻辑，必须得承认，你的回答取悦了我！我想，要是我不来理你，你不知要拖到什么时候；要是我不问你一声，你打算什么时候向我表白。这次为了要感谢你对丽迪雅的帮助，我才给你说德鲍尔夫人（达西的姨妈）来过我家，这才促成了我们之间的事。我怕我们两个之间发展太快；我答应德鲍尔夫人，不告诉你她找过我，但是，我打破了这个诺言，才获得了目前的快乐，那在道义上怎么说得过去？我实在不应该提起那件事的。实在是大错特错。”

“你别这么难过。道义上完全讲得过去。德鲍尔夫人蛮不讲理，想要拆散我们，这反而使我消除了你我之间的种种疑虑。我并不以为我们之间的感情，是因为你对我的感激。我本来就没打算等你先开口。我一听到德鲍尔夫人的话，便心中充满了希望，于是立刻决定要把我们之间的误会弄明白。”

“科林夫人倒帮了我们的大忙，她自己也应该高兴，因为她喜欢助人为乐。可是你能告诉我，这次来尼日斐花园做什么？难道就是为了骑马到浪搏恩难为情一番吗？你有没有预备做些震惊我的事呢？”

“我上这儿来的真正目的，就是为了看看你。如果可能的话，我还要想法子研究研究使你尽快爱上我。至于在别人面前，我会找个托词：是为了看看你姐姐对宾格利先生是否依然有情。”

“你有没有勇气反击一次德鲍尔夫人的自讨没趣？”

“我并不是没有勇气，而是没有腾出时间，伊丽莎白。可是应该要做这件事的；你给我一张纸，我马上给她写一封信。”

“要不是我自己有封信要写，我一定会像其他年轻的小姐一样，坐在你身旁，欣赏你那工整的书法。可惜我也有一位舅母，她在等着我回信。”

且说前些时候，舅母过高地估计了伊丽莎白和达西先生的交情，伊丽莎白又不愿意把事情向舅母说明白，因此嘉丁纳太太写来的那封长信一直还没有回答，现在有了这个可喜的消息告诉她，她一定会喜欢，可是伊丽莎白倒觉得，让舅父母迟了三天才知道这个消息，真有些不好意思。她马上写道——

亲爱的舅母，蒙你写给我那封亲切而令人满意的长信，告诉了我种种详情细节，本当早日回信道谢，无奈我当时实在情绪不佳，因而不愿意动笔。你当时所想象的情况，实在有些过甚其辞。可是现在，你大可爱怎么想就怎么想了。关于这件事，你可以放纵你的幻想，想到哪里就是哪里，只要你不以为我已经结了婚，你总不会猜想得太过分。你得马上再写封信来把他赞美一番，而且要赞美得大大超过你上一封信。我要多谢你没有带我到湖区去旅行。我真傻，为什么到湖区去呢？你说要弄几匹小马去游园，这个打算可真有意思。今后我们便可以每天在那个园里兜圈子了。我现在成了天下最幸福的人。也许别人以前也说过这句话，可是谁也不能像我这样名副其实。我甚至比吉英还要幸福；她只是莞尔微笑，我却纵声大笑。达西先生分一部分爱我之心问候你。欢迎你们到彭伯里来过圣诞节。

你的甥女

达西先生写给德鲍尔夫人的信，格调和这封信不一样，而班纳特先生写给科林先生的，和这两封信又是全不相同。

贤侄先生左右：我得麻烦你再恭贺我一次。伊丽莎白马上就要做达西夫人了。请多多劝慰德鲍尔夫人。要是我处在你的地位，我一定要站在姨侄一边，因为他可以给人更大的利益。

愚某手上

作者简介

简·奥斯丁（1775—1817），英国著名小说家，代表作有《傲慢与偏见》《理智与情感》。奥斯丁并没有接受过正规的学校教育，优良的家庭环境使她自学成才。20岁时，奥斯丁遇到了自己的初恋勒弗罗伊。由于双方家庭的反对，他们最终没有走到一起。1800年，奥斯丁全家搬到巴思，在巴思，她遭遇了忧郁症的折磨，并拒绝了一位“富二代”的求婚。奥斯丁终身未嫁，她把自己对爱情的执着放进了作品中。1817年，奥斯丁因身患重病，死在了姐姐的怀抱里。

朗读指导

《傲慢与偏见》是一部有趣精彩的爱情小说，称它为“全世界最伟大的爱情小说之一”并不为过。小说通过班纳特一家几个女儿对终身大事的不同处理，表现了英国乡村中产阶级家庭少女对爱情与婚姻生活的不同态度，从而反映了作者自己的爱情婚姻观。作者认为：为了财产、金钱和地位而结婚是错误的，但是结婚不考虑这些因素又是愚蠢的，并强调男女双方的感情是缔结理想婚姻的基石。

小说中伊丽莎白和达西是一对可爱的欢喜冤家。他们带着“傲慢与偏见”相识，又在相处中渐渐褪去“傲慢与偏见”的外壳，最后“有情人终成眷属”。作者最可贵的地方在于真实，故事中的每个人都有自己的问题，而书中的爱情也不是一帆风顺的。作者力求在理想与现实中寻找到爱情的平衡点。奥斯丁的语言幽默辛辣，尤其男女主人公的对话，言语直接，读起来有酣畅淋漓之感。在闲暇时，读一读这部小说，可以在故事里寻找自己关于爱情与婚姻的认识。

第二辑 CHAPTER 2

爱你，就像爱生命

与妻书

林觉民

意映卿卿如晤，吾今以此书与汝永别矣！吾作此书时，尚是世中一人；汝看此书时，吾已成为阴间一鬼。吾作此书，泪珠和笔墨齐下，不能竟书而欲搁笔，又恐汝不察吾衷，谓吾忍舍汝而死，谓吾不知汝之不欲吾死也，故遂忍悲为汝言之。

吾至爱汝，即此爱汝一念，使吾勇就死也。吾自遇汝以来，常愿天下有情人都成眷属；然遍地腥云，满街狼犬，称心快意，几家能彀？司马青衫，吾不能学太上之忘情也。语云：仁者“老吾老，以及人之老；幼吾幼，以及人之幼”。吾充吾爱汝之心，助天下人爱其所爱，所以敢先汝而死，不顾汝也。汝体吾此心，于啼泣之余，亦以天下人为念，当亦乐牺牲吾身与汝身之福利，为天下人谋永福也。汝其勿悲！

汝忆否？四五年前某夕，吾尝语曰：“与使吾先死也，无宁汝先我而死。”汝初闻言而怒，后经吾婉解，虽不谓吾言为是，而亦无词相答。吾之意盖谓以汝之弱，必不能禁失吾之悲，吾先死留苦与汝，吾心不忍，故宁请汝先死，吾担悲也。嗟夫！谁知吾卒先汝而死乎？吾真真不能忘汝也！回忆后街之屋，入门穿廊，过前后厅，又三四折，有小厅，厅旁一室，为吾与汝双栖之所。初婚三四个月，适冬之望日前后，窗外疏梅筛月影，依稀掩映；吾与（汝）并肩携手，低低切切，何事不语？何情不诉？及今思之，空余泪痕。又回忆六七年前，吾之逃家复归也，汝泣告我："望今后有远行，必以告妾，妾愿随君行。"吾亦既许汝矣。前十余日回家，即欲乘便以此行之事语汝，及与汝相对，又不能启口，且以汝之有身也，更恐不胜悲，故惟日日呼酒买醉。嗟夫！当时余心之悲，盖不能以寸管形容之。

吾诚愿与汝相守以死，第以今日事势观之，天灾可以死，盗贼可以死，瓜分之日可以死，奸官污吏虐民可以死，吾辈处今日之中国，国中无地无时不可以死，到那时使吾眼睁睁看汝死，或使汝眼睁睁看我死，吾能之乎？抑汝能之乎？即可不死，而离散不相见，徒使两地眼成穿而骨化石，试问古来几曾见破镜能重圆？则较死为苦也，将奈之何？今日吾与汝幸双健。天下人不当死而死与不愿离而离者，不可数计，钟情如我辈者，能忍之乎？此吾所以敢率性就死不顾汝也。吾今死无余憾，国事成不成自有同志者在。依新已五岁，转眼成人，汝其善抚之，使之肖我。汝腹中之物，吾疑其女也，女必像汝，吾心甚慰。或又是男，则亦教其以父志为志，则我死后尚有二意洞在也。幸甚，幸甚！吾家后日当甚贫，贫无所苦，清静过日而已。

吾今与汝无言矣。吾居九泉之下遥闻汝哭声，当哭相和也。吾平日不信有鬼，今则又望其真有。今人又言心电感应有道，吾亦望其言是实，则吾之死，吾灵尚依依旁汝也，汝不必以无侣悲。

吾平生未尝以吾所志语汝，是吾不是处；然语之，又恐汝日日为吾担忧。吾牺牲百死而不辞，而使汝担忧，的的非吾所忍。吾爱汝至，所以为汝谋者惟恐未尽。汝幸而偶我，又何不幸而生今日之中国！吾幸而得汝，又何不幸而生今日之中国！卒不忍独善其身。嗟夫！巾短情长，所未尽者，尚有万千，汝可以模拟得之。吾今不能见汝矣！汝不能舍吾，其时时于梦中得我乎！一恸！辛未三月廿六夜四鼓，意洞手书。

家中诸母皆通文，有不解处，望请其指教，当尽吾意为幸。

作者简介

林觉民（1887—1911），福建闽侯人，字意洞，号抖飞，是“黄花岗七十二烈士”之一。林觉民是中国同盟会的早期会员，曾留学日本，回国后，与黄兴等革命党人参加了广州起义，因受伤被俘，后从容就义。1905 年，林觉民 18 岁，与年仅 17 岁的陈意映成婚，婚后二人琴瑟和鸣、感情和谐。林觉民牺牲后，1911 年 5 月，陈意映生下遗腹子林仲新，两年后郁郁而终。

朗读指导

《与妻书》是林觉民在广州起义前夕写给妻子的一封信，最终，这封信成了林觉民留给妻子的诀别书。这封信写在手帕上，当陈意映收到这封信时，林觉民已经英勇就义了。这是一封感人肺腑、字字泣血的遗书。全文情真意切、正气凛然，爱国的大义与爱妻的小情渲染纸上，震撼人心。

这篇短文是一封家书，也是一篇感人至深的抒情散文。虽然此情此景已时隔百年，但作者“以天下为念”、舍生取义的革命者的风范依旧令人动容。如此声泪俱下的情书，怎能不令人潸然泪下！在悠闲的周末，与爱人泡上一杯咖啡，展开书卷，跨越百年的时间，回到那个战火纷飞的年代，感受作者对国家的一腔热血和对爱人的绵绵爱意。朗读时，语速稍慢，本文是半白话文，所以，要注意放缓语调的节奏。

过旧居

戴望舒

这样迟迟的日影，
这样温暖的寂静，
这片午饮的香味，
对我是多么熟稔。

这带露台，这扇窗
后面有幸福在窥望，
还有几架书，两张床，
一瓶花……这已是天堂。

我没有忘记：这是家，
妻如玉，女儿如花，
清晨的呼唤和灯下的闲话，
想一想，会叫人发傻；

单听他们亲昵地叫，
就够人整天地骄傲，

出门时挺起胸，伸直腰，
工作时也抬头微笑。

现在，可不是我回家的午餐？
桌上一定摆上了盘和碗，
亲手调的羹，亲手煮的饭，
想起了就会嘴馋。

这条路我曾经走了多少回！
多少回？……过去都压缩成一堆，
叫人不能分辨，日子是那么相类，
同样幸福的日子，这些孪生姊妹！

我可糊涂啦，
是不是今天出门时我忘记说“再见”？
还是这事情发生在许多年前，
其中间隔着许多变迁？

可是这带露台，这扇窗，
那里却这样静，没有声响，
没有可爱的影子，娇小的叫嚷，
只是寂寞，寂寞，伴着阳光。

而我的脚步为什么又这样累？
是否我肩上压着苦难的岁月，
压着沉哀，透渗到骨髓，
使我眼睛朦胧，心头消失了光辉？

为什么辛酸的感觉这样新鲜？
好象伤没有收口，苦味在舌间。
是一个归途的设想把我欺骗，
还是灾难的岁月真横亘其间？

我不明白，是否一切都没改动，
却是我自己做了白日梦，
而一切都在那里，原封不动：
欢笑没有冰凝，幸福没有尘封？

或是那些真实的岁月，年代，
走得太快一点，赶上了现在，
回过头来瞧瞧，匆忙又退回来，
再陪我走几步，给我瞬间的欢快？

有人开了窗，
有人开了门，

走到露台上
——一个陌生人。

生活，生活，漫漫无尽的苦路！
咽泪吞声，听自己疲倦的脚步：
遮断了魂梦的不仅是海和天，云和树，
无名的过客在往昔作了瞬间的踌躇。

朗读指导

这首诗写于 1948 年，戴望舒与第二任妻子离婚后，经过以前的旧居，回想起与第一任妻子的幸福生活，《过旧居》就此创作而成。作者的心情也许过于悲伤，这首诗带着很强的现实主义色彩，作者用大篇幅的文字描写当时幸福的生活，表达了自己对过去岁月深深的怀念。

诗人在面对旧居的时候，感慨良多："或是那些真实的岁月，年代，走得太快一点，赶上了现在，回过头来瞧瞧，匆忙又退回来，再陪我走几步，给我瞬间的欢快？"过去的岁月即使沉重，也总是带着生活的厚重和平静，让人感觉深受触动。与爱人一起朗诵，朗诵给时光，朗诵给生活，朗诵一起走过的和将要度过的岁月。

蝶恋花·记得画屏初会遇

苏轼

记得画屏初会遇，
好梦惊回，望断高唐路。
燕子双飞来又去，
纱窗几度春光暮。

那日绣帘相见处，
低眼佯行，笑整香云缕。
敛尽春山羞不语，
人前深意难轻诉。

作者简介

苏轼（1037—1101），字子瞻，北宋时期著名文学家、书法家、画家，“豪放派”诗人的代表，“唐宋八大家”之一。苏轼一生仕途坎坷，科举高中后因为“丁忧”而守丧三年，因与王安石政见不合而被外派做官。1080年，他因“乌台诗案”遭遇牢狱之灾，被贬黄州，平反大赦后，几经沉浮，卒于常州。苏轼在诗、词、散文、书、画等方面都有极高的造诣，是宋代文学最高成就的代表。代表作有《念奴娇·赤壁怀古》《水调歌头·明月几时有》等。

朗读指导

苏轼出身名门，父亲苏洵也极负盛名。苏轼与弟弟苏辙赴京赶考，他的文风清新洒脱，受到欧阳修的称赞，自此，苏轼名动京城。

在苏轼之前，柳永一生致力于写词，推动了词体的发展，苏轼突破了词“艳科”的定位，将词脱离了音乐的限制，让其成为抒发情感的一种诗体，改变了“诗尊词卑”的观念和诗词的发展方向。可以说，苏轼在“词”上的成就甚至掩盖了他在“诗”和“文”方面的造诣。

《蝶恋花·记得画屏初会遇》是诗人思念妻子王弗的一篇诗作，大约创作于宋仁宗嘉佑五年（1060）正月。当时，诗人从四川回京师，途经三峡，见到神女峰时，触景伤情，想到了自己的妻子，于是写下了这首词。王弗是苏轼的第一任妻子，有知人之明，是苏轼的贤内助，可惜在与苏轼生活了十一年后病逝了。

这首词有别于苏词的豪放，有婉约的气质，将男子与妻子之间的情意描写得萦萦绕绕。在上半阕里，诗人对妻子的思念在短短几十个字里展现得淋漓尽致。而下半阕对妻子的音容笑貌的回忆，呈现出一个巧笑嫣然的妇人形象，其人如在眼前。我们可以在表达对爱人的思念时，翻开这篇诗文，深情地读上一读，在诗人的思妻之情中，寻味自己与恋人的甜蜜点滴。

锦瑟

李商隐

锦瑟无端五十弦，一弦一柱思华年。
庄生晓梦迷蝴蝶，望帝春心托杜鹃。
沧海月明珠有泪，蓝田日暖玉生烟。
此情可待成追忆，只是当时已惘然。

作者简介

李商隐（约813—约858），字义山，号玉谿生，又号樊南生，晚唐著名诗人，和杜牧合称“小李杜”，与温庭筠合称“温李”。李商隐的诗文辞藻优美，他是整个唐代为数不多追求“诗美”的诗人。诗人于公元837年登进士第，后因陷入“牛李党争”，在政坛一直不得志，但是这并没有湮灭他的诗情。李商隐的诗构思新奇，意境常常较为隐晦，往往有多层含义的理解，给后世很多解读的可能。代表作品有《无题》《锦瑟》《夜雨寄北》等。

朗读指导

《锦瑟》一诗作于诗人晚年时期，被认为是作者追忆自己亡妻王氏的一部诗作，当然也有其他的解读。诗中作者借用了很多的典故，比如“庄生梦蝶”“杜鹃啼血”“沧海珠泪”等，这也是作者写作的一大特点，即善于运用一些典故来制造意境，创造神秘朦胧之感。

这是青年朋友们熟悉的一首诗歌，非常适合感怀朗读。尾联一句“此情可待成追忆”，不知道打动了多少男男女女的心。相信我们每一个人的心里都会有一份“可待追忆”的小情感，如此直抒胸怀，抵达人心，任谁也逃不掉这份“心灵的拷问”，又有谁不会在诵读之后陷入默默的沉思呢。朗读时，可以读给自己，也可以给爱人朗读，追忆过往一去不返的时光。

夜雨寄北

李商隐

君问归期未有期，

巴山夜雨涨秋池。

何当共剪西窗烛，

却话巴山夜雨时。

朗读指导

李商隐的爱情诗在古典诗歌中独具特色，这首诗在他的爱情诗中最有代表性，表达了在巴山夜雨中对妻子的思念之情。李商隐与妻子伉俪情深，但是妻子在成婚十一年后就去世了，他的爱情诗部分是为自己的妻子而作。

李商隐的诗词大多辞藻华丽，用典精巧，善于暗喻，这首诗却质朴、自然，言浅意深，通过精巧的构思，使得情景交融，让字字如从肺腑中自然流出。“何当共剪西窗烛，却话巴山夜雨时”，你我相聚西窗下时，我再将今天的所思所想告诉你。

这首诗适合向出门在外的爱人朗读，也适合送给朋友，以表达再次相聚的期许之情。朗读时，可找一安静的场所，气沉丹田，放慢语速，逐字朗读，感受跨越千年的思念。

摸鱼儿·雁丘词

元好问

乙丑岁赴试并州，道逢捕雁者云："今旦获一雁，杀之矣。其脱网者悲鸣不能去，竟自投于地而死。"予因买得之，葬之汾水之上，垒石为识，号曰"雁丘"。同行者多为赋诗，予亦有《雁丘词》。旧所作无宫商，今改定之。

问世间，情为何物，直教生死相许？天南地北双飞客，老翅几回寒暑。欢乐趣，离别苦，就中更有痴儿女。君应有语：渺万里层云，千山暮雪，只影向谁去？

横汾路，寂寞当年箫鼓，荒烟依旧平楚。招魂楚些何嗟及，山鬼暗啼风雨。天也妒，未信与，莺儿燕子俱黄土。千秋万古，为留待骚人，狂歌痛饮，来访雁丘处。

作者简介

元好问（1190—1257），山西忻州人，金末元初著名的文学家、历史学家，人称"遗山先生"。元好问出身于书香世家，7岁便能写诗，有“神童”的美誉。他擅长作诗、文、词、曲，以诗作成就最高，是宋金对峙时期北方文学的主要代表。元好问的诗以“丧乱诗”最为有名，很多诗作广泛而深刻地反映了国破家亡的现实，他的词也可与两宋名家媲美。元好问学问深邃，著述恢弘，流传下来的诗有1380余首，词有380余首，还有散曲、散文、小说等。

朗读指导

《摸鱼儿·雁丘词》写于1205年，诗人在应试途中，听到一则关于大雁的故事有感而发：天空中有一对比翼双飞的大雁，一只被捕杀后，另一只也一头栽下，为情殉亡。年仅16岁的诗人被这种“生死相随”的情意所震撼，于是为这对大雁建了一个小小的坟墓，取名“雁丘”，并创作了这首词作。

“问世间，情为何物，直教生死相许？”一个“问”字，不知叩响了多少有情人的心扉。有情的人为自己的情思动容，无情的人为自己的无情悔恨。全篇读来，哀婉悲怆，引人深省。在作者营造的环境描写中，我们会不自觉地为世间的悲情而感伤。轻轻地朗读这首词作，与诗人一起祭奠这份缠绵动人的爱情悲歌。也许我们会情不自禁地流下泪水，毕竟爱情太美，结局太悲。朗诵时，语速稍慢，多读几遍，品尝韵味。

当你老了

叶芝

当你老了，头发花白，睡意昏沉，
坐在炉火边打盹，你取下这本书，
用心品读，回忆曾经美丽的容颜，
你那柔美的双眸，和眼中深幽的暗影。
多少人爱你青春欢畅的时光，
爱慕你的美丽，或者假意，或者真心，
唯独一人爱你内心深处的虔诚灵魂，
还有你脸上深深的皱纹。
炉火跳跃，你蜷缩在椅子里，
忧伤地喃喃自语，感叹爱情如何流逝，
如何漫步山峦，如何屹立于巅峰之上，
又怎样藏身于群星之后，不见踪影。

作者简介

威廉·巴特勒·叶芝（1865—1939），爱尔兰著名诗人、剧作家、散文家，著名的神秘主义者，诺贝尔文学奖获得者。叶芝一生深受浪漫主义、唯美主义、神秘主义、象征主义和玄学诗的影响，他的作品映射着英语诗歌从传统向现代的转变。叶芝是20世纪现代主义诗坛最著名的诗人之一，是“爱尔兰文艺复兴运动”的领袖。他的诗歌从早期的自然抒写，到晚年的沉思凝练，有着非常大的转变，“真正完成了一场思想和艺术的修炼”。

朗读指导

《当你老了》是叶芝1893年献给女友茅德·冈的一首爱情诗篇。1889年，23岁的叶芝对茅德·冈一见钟情，并一往情深。后来的岁月里，叶芝苦苦追求，却始终没有得到茅德·冈的回馈，诗人一生对其魂牵梦萦、矢志不渝，并创作了多部与她有关的作品。

有人说，《当你老了》讲述的是一个无望的爱情故事，隐喻着英国和爱尔兰的关系，但是我们更愿意把它理解为诗人对感情的另一种表达。让我们跨越时光，当生命几近尽头，我依旧深爱着你，连同你的衰老，连同你的痛苦，连同你的一切。看似残酷，实则温暖至极。红颜易老，青春难留，一份超越时光的爱情是多么可贵。这实在是一首适合所有人温情朗诵的诗篇，它的寓意超越男女情爱，适合我们对所有自己爱的人，表达此生不变的情感！

我愿意是激流

裴多菲

我愿意是激流，
如山中的小河，
从崎岖的路上，
还有岩石间奋力穿过……
只要我的爱人
是一条小鱼，
在我的浪花里，
快乐地游来游去。

我愿意是荒林，
立在河流两岸，
跟迎面而来的阵阵狂风，
勇敢地作战……
只要我的爱人
是一只小鸟，
在我稠密的树枝间作窠，
快乐地在我怀里鸣叫。

我愿意是废墟，
是天空下峻峭的山岩，
这毁灭般的静默，
并不足以使我懊丧……
只要我的爱人
是青春的常春藤，
沿着我荒凉的额头，
紧密地攀援上升。

我愿意是草屋，
在深深的无人谷底，
草屋的顶上
迎接暴风骤雨的痛击……
只要我的爱人
是可爱的火焰，
在我的炉子里，
愉快地跳跃闪耀。

我愿意是朵云，
是千疮百孔的旗帜，
在广漠的天空，

在风中飘来荡去……
只要我的爱人
是布满金色的夕阳，
照在我苍白的脸上，
显出金色的辉煌。

作者简介

裴多菲·山陀尔（1823—1849），匈牙利著名爱国诗人、民族英雄，匈牙利民族文学的奠基者。代表作有散文集《旅行札记》、剧本《卓尔特·马尔奇》等。裴多菲从少年到青年一直过着流浪生活，这段经历一方面让他深受困苦之扰，另一方面也让他接触到当时匈牙利社会的各个角落。1848 年，奥地利统治下的匈牙利民族矛盾与阶级矛盾陷入白热化，诗人毅然加入战斗。1849 年 7 月 31 日，在与敌人的战斗中，不幸牺牲，年仅 26 岁。

朗读指导

《我愿意是激流》是诗人 1847 年写给恋人的一首抒情诗。诗人用“我愿意”为结构引子，反复强调，吟唱出对爱情的坚贞和渴望。“我愿意”三个字，准确地表达出恋爱中的强烈感情，引起无数青年男女的共鸣，也是诗人对这份爱坚定的承诺。

这是一首非常适合恋爱中的人表达情意的诗，诗人选用的一个个意象，也非常生动自然，既体现了诗人“浪迹天涯”的生平，又表达出不屈的意志和忠贞的爱恋之心。这首诗歌早年便传入了中国，并受到读者的追捧。由于它构思巧妙、言语简洁，我们在诵读的时候，可以很容易地把诗句背诵下来。

这首诗适合在公共场所向爱人示爱，也适合两人一起朗诵，互表心意。朗诵这首诗歌的时候，可以严肃庄重一点。

致我的妻子

艾略特

我那疾驰狂奔的欢乐都是因为你，
在我们苏醒时，快乐激荡你我的感知，
在我们休憩时，这节奏控制你我的呼吸，
我们同呼吸、共生死。

我俩难分彼此，气息交融，
无须言语，就知彼此怀揣一样的心意，
无须意义，就会呢喃着相同的言词。

不畏狂风怒吼的严冬的鞭笞，
何惧沉郁的热带骄阳的炙烤，
我们爱的玫瑰，在你我的爱情花园里永不凋谢。

这首献词是为了让别人传唱，
但是，这更是我对你公开诉说的私密情话。

作者简介

托马斯·斯特尔那斯·艾略特（1888—1965），英国著名诗人、剧作家、现代诗派运动领袖。艾略特于1905年进入哈佛大学学习哲学和比较文学，对梵文和东方文化都有涉猎。1914年，艾略特结识了美国诗人庞德，并开始了欧洲旅行，之后定居伦敦。1922年，艾略特发表了20世纪最有影响力的一部诗作《荒原》，震惊文坛。1927年，艾略特加入英国国籍。1948年，凭借结集出版的《四个四重奏》获得诺贝尔文学奖。1965年，艾略特在伦敦逝世。

朗读指导

《致我的妻子》是艾略特在晚年献给自己第二任妻子弗莱彻的诗作。弗莱彻是诗人的粉丝，两人有着近四十岁的年龄差距。弗莱彻第一次听到艾略特朗读诗歌，便爱上了他，并如愿当上了他的秘书，最后成为了相伴他一生的爱人。诗人也对弗莱彻非常疼爱，曾表示，如果没有与弗莱彻的共同生活，他的人生是够不上心满意足的。

在诗人眼中，爱情是把欢乐留给给予者，爱情是经历时间考验的永恒，爱情是彼此的唯一。这既是作者爱情生活的写照，也是作者有关爱情意义的思考。对于创作时的诗人而言，他再也无法压抑自己内心的情感，要大声地呼喊出来，让所有人知道他对妻子的爱。所以，你应该愉快地、毫无顾忌地把这首诗读给你的爱人，让他知道你内心炽烈的爱恋。

一朵红红的玫瑰

彭斯

啊，我的爱人像一朵红红的玫瑰，
绽放在六月的阳光里。
啊，我的爱人像美妙的乐章，
旋律优美，让人如痴如醉。

完美的姑娘，你是如此美丽啊
让我深深陷入你的爱里。
亲爱的，我会永远爱你，
直到海水枯竭，矢志不渝。

直到海水枯竭，
直到石头被太阳融化，
亲爱的，我会永远爱你，
直到沙漠被风吹散。

再见，我唯一的爱人
莫要悲伤，这只是暂时的离别，

我一定会回来，我的爱人，
即使相隔万里，跋山涉水。

作者简介

罗伯特·彭斯（1759—1796），苏格兰著名的农民诗人。彭斯出身于农民家庭，幼年只上过两年学，12岁之后才开始学习英文语法。他辛苦劳作，同时博览群书，涉猎各国文学。1783年，彭斯开始写诗。他的诗歌多使用苏格兰方言，充满着苏格兰民歌的韵味，富有音乐性。彭斯的诗以农民诗歌为源泉，歌颂了劳动者淳朴的友谊和爱情，为18世纪末的英国诗坛吹来一股新风。

朗读指导

《一朵红红的玫瑰》是诗人献给自己的爱人吉恩·阿默尔的一篇诗作。诗人与吉恩相爱，却受到了吉恩父亲的阻挠，在这种情况下，两人不得不暂时分离。这首小诗歌颂了恋人的美丽，表达了诗人炽热的爱恋和对爱情的坚定。短短十六行诗，对“爱人”的呼唤有十多次，却丝毫没有累赘繁复的感觉，让人感受到了诗人汹涌不止的爱意。

这首诗适合在任何时候朗诵给爱人，无论是晨曦，还是夜半，请欢快大胆地读给你的爱人听吧，你真诚的爱也会像这首诗的文字一样，自然流露，没有半点儿造作。

既然我的唇……

雨果

既然我的唇碰到你的那满满的酒杯，
既然我苍白的额头紧紧贴着你的手心，
既然我的呼吸里充斥着你的温柔的气息，
啊，那深埋在暗处的芳香；

既然我可以在你的言语中，
感知到你心中最私密的声音；
既然我看见你哭泣，既然我看见你微笑，
我们唇对着唇，我们眼对着眼；

既然我的头上闪烁着你的那颗星星，
哎！它老是行踪不定，难见一面；
既然你年华之树上的花瓣随风飘荡，
掉进我的河流，融入我的生命；

现在，我可以向飞逝的时光宣告：
——飞逝吧，任你飞逝！我的青春永远不败！

你，还有你那些憔悴的花瓣一起飞逝吧，
我灵魂深处有朵谁也不能采摘的爱情之花！

我已经用思念盛满后半生的玉壶，
你的羽翼掠过，也无法打翻玉壶里的琼浆。
我的灵火不会被你的灰烬扑灭！
我的爱恋不会被你的遗忘冷却！

作者简介

维克多·雨果（1800—1885），法国著名作家，19 世纪浪漫主义文学的代表，被人们称为“法兰西的莎士比亚”。雨果一生有长达六十年之久的写作时间，是位多产的作家和诗人。1870 年普法战争期间，雨果曾参加国民自卫军，鼓舞人民投入斗争。1885 年，雨果在巴黎去世，法国人民为雨果举行了国葬，雨果的遗体也被安葬在法国的“先贤祠”。

朗读指导

雨果与他的情人在 1932 年相识，50 年间两人共写出了近两万封书信，目前大部分书稿保存在法国国家博物馆，他们的爱情故事被法国人津津乐道。

《既然我的唇……》是雨果写给情人朱丽叶的一首情诗。这是诗人对爱人感情的真实写照，在诗人心里，她就是他心中的唯一。朱丽叶虽然不是雨果的妻子，却是他的灵魂伴侣，用半个世纪的漫长时光，包容他的过失，抚慰他的灵魂，给予他最温暖、最真挚的情感。可以说与朱丽叶的爱情，是诗人创作灵感的源泉和动力。

朗读这首诗，你可以直接感受到作者强烈的爱恋。“既然你年华之树上的花瓣随风飘荡，掉进我的河流，融入我的生命”，多么诱人的诗句，既是物象上的准确描述，又是意象上的动人延伸。假如爱人此刻正在你的面前，请勇敢地对他读出来，不要吝啬自己爱的表达。请朗诵给你的爱人，并真诚地告诉他：“我的爱恋”如此狂热，即使你的遗忘，也无法把它吞没。

啊，你经过爱情的路

但丁

啊，你经过爱情的路，
请你在等待的时候，弄弄清楚
谁经历的痛苦跟我一样重；
我请求你好好听我的倾诉，
然后再做打算
是否要将这种的痛苦积压在我身上。
我拥有的幸福太少，在爱情上也是如此，
但是，爱情有它独特之处，
它让我感到既甜蜜又幸福，
因为我常常听人私下议论：
“上帝啊，你用了什么高贵的方法
将人类的心打造得玲珑剔透？”
赋予爱情的所有英勇行为，
在我这里完全消失殆尽，
我已经是可怜至极，
一句话也说不出来。
我也想跟那些人一样

出于羞涩隐瞒自己的缺陷，
而我表面上，高高兴兴的，
内心却充满痛苦与悲伤。

作者简介

阿利盖利·但丁（1265—1321），13世纪意大利的伟大诗人，欧洲文艺复兴运动的先驱，西方最杰出的诗人之一。恩格斯曾评价他为“中世纪最后一位诗人，新时代最初一位诗人”。诗人在1292年创作的《新生》，记录了作者对爱人的深挚感情，是西欧文学史上第一部公开隐秘情感的自传性诗作，具有开创性的意义。但丁的长诗《神曲》是其最具代表性的作品，全诗一万四千余行，表达了诗人突破中世纪愚昧、追求真理的坚定信念。

朗读指导

《啊，你经过爱情的路》是诗人的一篇抒情诗。在诗人生活的中世纪时代，这首关于“世俗爱情”的诗可谓是一份勇敢的爱的宣言。这首诗歌清新自然，活泼动人，读来细腻委婉。诗人曾经有过一段刻骨铭心的爱情，这段情感是其日后文学创作的精神源泉。在他的很多作品中，都有这段感情的印记。诗人对一位女子一见钟情，但一生只见过三次面。诗人的很多爱情诗篇都是为了纪念这位爱人而作，这首大约也是如此。

在这首诗里，诗人是一个受过情伤的人，但他依旧对爱情充满希望，依旧坚信爱情会给他带来甜蜜和幸福。当我们读起这首诗时，应该是心怀虔诚的，感受诗人对爱情的执着和期待。时隔千年，前人都能如此坚信爱情，我们在遇到一点点感情挫折的时候，又有什么理由去放弃、去沉沦呢？这首诗适合爱人们在互诉爱意的时候朗读。

论爱（节选）

爱默生

爱情是柔情蜜意和旺盛浴火的结合，它的浓烈程度与人的年龄和精气有一定的联系，如果想要轰轰烈烈地谈一场恋爱，还是趁着年轻，不要在年老的时候，才想起要来一场。所以，每一个少男少女还是要珍惜自己每一次的心灵悸动。

青春富于美妙的幻想，不会对寡淡无味的成熟哲学给予关注，它的苍老，它的迂腐，会让这种美妙的幻想湮灭。我知道，我的言论会招来非议，那些爱的法庭和议员们会谴责我太过冷酷。面对这些可怕的责难，我要为自己辩白。不要忘了，我们所谈的激情，虽由青春而始，却并不终结于老年，或者说，忠于爱情的人，其心永不会老去，人至老年依然能够享受到爱情，让其毫不逊于温情少女，不过这种爱情稍有不同，也更为高尚。

爱像一把火，在某颗心灵的幽静处点燃它的第一把干柴，这爱的火苗原本只是一个人心底深处未灭的余烬，与另一颗流浪的心灵碰撞产生爱情的火花，于是开始燃烧，蔓延，直到这无私的光华温暖着，照耀着这世俗的男女，照耀着世人荒凉的心房，照亮了整个世界，照亮了整个宇宙。

所以，无论在二十岁、三十岁，还是八十岁，想去描绘这份激情都没有关系。情窦初开的人描绘它会缺少几分来日的色彩，华发苍颜的人描绘它会遗失早年那些情动的细节。但我们只希望在耐心和缪斯的帮助下，可以领会这一真理的内涵，使爱情永葆青春，美颜常驻。

作者简介

拉尔夫·沃尔多·爱默生（1803—1882），美国著名的思想家、文学家、诗人。爱默生出身于牧师家庭，1817 年入读哈佛大学。1837 年，爱默生发表了著名的演讲词《美国学者》，主张建立独立的民族文化和文学，被称为是美国思想文化领域的“独立宣言”。爱默生是确立美国文化精神的代表人物之一，美国前总统林肯称他为“美国的孔子”“美国文明之父”。

朗读指导

《论爱》是爱默生 1841 年发表的《论文集》第一集中的一篇。《论文集》第一集包括《论自助》《论超灵》《论友谊》等 12 篇论文，发表后引起了社会巨大的反响。三年后，爱默生又出版了《论文集》第二集。《论文集》为爱默生带来了巨大的声誉，他因此被冠以“美国的文艺复兴领袖”的美誉。

爱默生是个天才的演讲家，他的作品虽然抽象而深奥，却非常适合朗读。其作品中透露出的与读者平等交流的态度，让读者很是受益。《论爱》是爱默生关于“爱”的思考，来源于其平日对事物观察的意见的累积，它没有激情四射的口号，也没有生动曲折的故事，只是就事谈理，娓娓道来，给人一种如沐春风的感觉。读完之后，你会发现“爱，确实如此”！

爱情

黑塞

我的欢喜的嘴唇想要你的赐福，
紧紧贴上你那可以亲吻的嘴唇。
我想将你可爱的手指攥到手中，
任它们与我的指尖欢闹嬉戏。
我想让自己的目光深陷你的目光，
将我的头颅深深掩埋在你的秀发里。
我想我那永远不朽的青春身体，
忠实地给你身体的冲动以回应，
还会用心中不灭的爱的火焰
无数次地照亮你的容颜，
直到痛苦全消，我们完全满足，
我们心怀感激地生活在——
尽情享受黑夜和白天，当下和未来，
只要能亲密地彼此问候，别无他求，
直到我们放下世间的一切，
相伴飞往没有牵挂的国度。

作者简介

赫尔曼·黑塞（1877—1962），德国著名诗人、作家。黑塞生活在一个有多国血统的大家庭，自幼受到了广泛的文化和开放的思想的熏陶，这对其日后创作产生了深远的影响。他7岁开始作诗，22岁出版了自己的处女诗集《浪漫之歌》，24岁发表《彼得·卡门青》，一举成名，从此成为职业作家。1919年，黑塞迁居瑞士，随后加入了瑞士籍。1946年，黑塞获得诺贝尔文学奖，并在很多国家掀起了“黑塞热”。

朗读指导

《爱情》创作于1913年1月，是诗人献给自己爱人的作品。1904年，诗人与自己的爱人——钢琴家玛丽亚·贝诺利步入婚姻殿堂，并移居博登湖畔，潜心创作8年之久。这首诗作表达了诗人对妻子浓烈的情谊。此时的诗人，还沉浸在与爱人“男作女唱”的田园梦中，尚未受到战争的打扰，诗人眼里一切都是美丽与和谐的。

黑塞的一生始于诗歌，也终于诗歌。他的作品具有浓厚的民歌气息，韵律分明，有着强烈的节奏感。深情地、欢乐地、满怀感激地对着你的爱人读出这首诗吧！感受诗人所描绘的神仙眷侣般的婚后生活，和你的爱人一起憧憬属于你们的精彩未来。

这首诗十分热烈奔放，对于矜持一点儿的爱人来说，是一个不小的挑战。朗读的时候，可以轻声慢语，让人感受情人之间的亲密。

阳台

波德莱尔

你是我回忆的源泉，最亲密的情人，
你拥有我全部的快乐和痛苦！
是你啊，你对我温存的爱抚，
如炉火的温暖，夕阳的温柔，
你是我回忆的源泉，最亲密的情人，

红彤彤的炭火啊，映照着这个傍晚，
黄昏的阳台有着玫瑰色的氤氲。
你的怀抱多温暖，你的性格多柔顺！
我们低声诉说那些隽永的情话。
红彤彤的炭火啊，映照着这个傍晚。

温暖的夕阳啊，是多么美丽！
宇宙有多深邃，心就有多坚强！
我俯身向你——我的仙女致意，
好像闻到你的血液的芳香。
温暖的夕阳啊，是多么美丽！

夜色转浓，仿佛天幕慢慢被拉上，
黑暗中，我的眼睛触到你的眼睛，
我啜饮你的气息，如蜜糖，如毒药！
你的双脚在我的紧握的双手中栖息。
夜色转浓，仿佛天幕慢慢被拉上。

我知道怎样重温幸福的时辰，
你的膝上蜷缩着我的过去。
我不需要到处寻找你美的痕迹，
它在你的柔情里，也在你的身躯里！
我知道怎样重温幸福的时辰。

啊，誓言，啊，芳香，啊，无尽的亲吻，
它们重生于不可预知的深渊吗？
如同沐浴在深邃的海底的春阳，
它们再次在晴空升起……
誓言、芳香，和数不尽的亲吻，
啊，誓言，啊，芳香，啊，无尽的亲吻。

作者简介

夏尔·皮埃尔·波德莱尔（1821—1867），法国19世纪最著名的现代派诗人，被誉为“象征派诗歌先驱”，他的代表作《恶之花》是19世纪最有影响力的诗集之一，作者甚至曾因诗集“有碍公共道德及风化”而受到法庭的判罚。波德莱尔时常选取“城市的丑恶和人性的阴暗”作为题材，在创作上大胆创新，极具反叛精神。

朗读指导

《阳台》是诗集《恶之花》第一章《忧郁和理想》中的第一首，1867年首次发表于法国，是诗人歌颂女性诗作中颇为出色的一首。这首诗发表后，被认为亵渎宗教，遭到了当时权威人士的抵制。这首诗是作者献给他的爱人冉娜·杜瓦尔的，她是一个小剧场演员、黑白混血儿，与诗人一起生活了二十余年。诗人用超凡脱俗的意境展现了对她的爱恋。

全诗充满了“甜蜜与痛苦”的基调，诗人一方面理性地认识到甜蜜已经成为过去，另一方面在情感上对那份爱又无比地眷恋。他回忆过去，歌颂爱人，搜寻旧爱，想要情爱如在海底沐浴的春阳，重回晴空。这首诗极其富有节奏感，每节都是“ABCDA”的回环形式，有一唱三咏之感，非常适合我们深情地朗读。暖暖黄昏下，给爱人反复诵读几遍，会让彼此心头涌起一股尘封已久的悸动。

致莎乐美

里尔克

蒙上眼睛，
我还能看见你；
捂住耳朵，
我还能听到你。
失去双脚，
我还能走向你；
失去声音，
我也能对你许下诺言。
弄断我的胳膊，
我还有一颗跳动的心，
像我的手一样，
紧紧把你抱住。
即使禁锢住我的心，
额上的突起的血管还可以跳动；
假如你放火烧我的额头，
我将用全身的热血将你擎起。

作者简介

莱纳·玛利亚·里尔克（1875—1926），奥地利著名诗人，被誉为“20 世纪最伟大的德语诗人之一”。里尔克一生写了 2500 首诗，以“旅行、爱情、死亡”等为主题。诗人一生遍游欧洲，不断出走、不断离别，“漂泊”成为他一生的宿命。游历中，诗人不断拥抱爱情，却又转身离开，他的爱情故事为坊间津津乐道。里尔克的一生都以“孤独者”自居，他认为孤独是每位艺术家应该具有的一种状态。1926 年 12 月，诗人因患白血病不幸逝世。

朗读指导

《致莎乐美》是诗人写给自己爱人莎乐美的诗作。诗人一生写了大约 100 首情诗献给莎乐美，这是其中一篇较为著名的诗作，收录在《神圣》之中。在莎乐美活着的时候，这些诗作一直没有被允许发表，直至她去世之后，才被整理出来。诗人与莎乐美相识时只有 21 岁，而莎乐美是与尼采等众多名人陷入过感情纠葛的 36 岁贵妇。对里尔克而言，莎乐美是介于朋友、情人与母亲之间的，是他一生的情感依赖和缪斯女神。

在这首诗作中，诗人的感情像太阳一样炽热，他描绘了一层层的极致场景，来表达自己对爱情、对爱人的矢志不渝。

这首诗带着庄严的意味，像是给爱人宣誓。朗读的时候，正常语速即可，要用眼睛深情注视着爱人，让他感受到你的坚定。

给爱着的人

罗曼·罗兰

如果爱情历尽痛苦，
那么它是最真挚的。
如果彼此心意相通，
那么就无须言语，
两颗心相爱就可以。

恋爱很美，
但是上天垂怜，
不能为爱而放弃生命。
两个人在一起，不是彼此捆绑，
应该像两朵盛开的鲜花，互相映衬。

在爱情这场战斗里，
千万不要左顾右盼，
否则，会一无所有。

在光明里，才能得到爱情，

有爱，生命才有意义。
真正的爱无法计较多与少，
一旦陷入，就只会付出全部。
在爱中所受的伤痛，
你在人世间找不到可以治愈的良药。

一个女人如果从未想要完全征服那个爱她的男人，
那么这个男人就一定不够爱她，
她会一直用这种方式测试，
直到，这个人爱上她。

作者简介

罗曼·罗兰（1866—1944），法国著名思想家、文学家、社会活动家，诺贝尔文学奖获得者。罗曼·罗兰极具音乐天赋，他的小说被人们称为“用音乐写的小说”，他的《名人传》系列和小说《约翰·克里斯朵夫》为其带来了文学方面的巨大声誉。罗曼·罗兰一生都为争取人类的自由、民主与光明进行不屈斗争，是一位著名的人道主义作家。

朗读指导

《给爱着的人》是诗人罗曼·罗兰送给自己的一首情诗，全诗直抒胸臆，表达了自己对于爱情的态度和想法。这并不是一首情意绵绵的诗歌，处处充满了诗人对爱情的思考和觉醒。诗人一生有两位妻子，第一位妻子是巴黎上流社会的千金小姐，而当时的诗人只是一个穷酸书生，两人的爱情故事曾是一段佳话，但是由于彼此物质和精神的巨大差异，最终分手。第二位妻子是诗人旅居苏联时相识的恋人，这段婚姻伴随诗人一生，直至去世。

基于诗人的真实生活经历，诗人对爱情的看法十分理智。当我们读起这首诗时，我们要了解诗人的用心良苦，他哲理般的诗句激励你我。爱情是需要经历磨难的，爱情是需要积极争取的，爱情是不计付出的，爱情是彼此滋养的……夜深人静时，我们读一读这首诗作，给爱人，也给自己，也许对自己的爱情角色会有所反思。朗读时，注意语速要慢，给爱人反应的时间。

罗蕾莱

海涅

不知道什么缘故，我是这样悲哀；
一个古老的童话，我总是不能忘怀。

天色已晚，空气清冷，莱茵河静静地流；
落日的光辉照耀着山头。

那最美丽的少女，坐在上边神采焕发；
金黄的首饰闪烁，她梳理金黄的头发。
她用金黄的梳子梳头，还唱着一首歌曲；
这歌曲的声调，有迷人的魔力。

小船里的船夫，感到狂想的痛苦；
他不看水里的暗礁，却只是仰望高处。

我知道，最后波浪，吞没了船夫和小船；
罗蕾莱用她的歌唱，造下了这场灾难。

作者简介

海因里希·海涅（1797—1856），德国著名诗人、散文家，被称为“德国古典文学”的最后一位代表。1821年，海涅开始发表诗作，并走红文坛。1830年，海涅流亡巴黎，开始投入政治活动，成为民主运动的领导人。1843年，海涅与马克思结识，创作开始带入批判现实主义的思考。1848年，海涅因“瘫痪症”恶化不再出门，在床上度过了自己的最后8年。在这8年里，他坚持创作，完成了代表作品《罗曼采罗》。

朗读指导

《罗蕾莱》是诗人的一首叙事诗，罗蕾莱是居住在莱茵河里的女神，因为常常坐在罗蕾莱礁石上，故得此名（罗蕾莱礁石是德国莱茵河畔一块100多米高的岩石）。这首诗用直白的语言讲述了罗蕾莱用销魂的歌声引诱水手，使他们迷乱心智，堕入河中的故事。诗歌造词朴实，叙事却跌宕起伏、引人入胜。这首诗后来被许多作曲家谱成曲子，作为民歌，被欧洲各国人民传唱。

这首诗原本并没有名字，后人为诗歌加了名字。诗歌的韵律极其流畅，非常适合传颂。由于诗歌源自一个古老的传说，所以读起来非常有历史感和神秘感。我们不妨找出西尔歇尔为这首诗谱的曲子，伴着曲子，对着爱人轻轻地吟诵，想必别有一番风味。

我是一条小河

冯至

我是一条小河，
我无心由你的身边绕过
你无心把你彩霞般的影儿
投入了我软软的柔波。

我流过一座森林，
柔波便荡荡地
把那些碧翠的叶影儿
裁剪成你的裙裳。

我流过一座花丛，
柔波便粼粼地
把那些凄艳的花影儿
编织成你的花冠。

最后，我终于

流入无情的大海
海上的风又厉，浪又狂，
吹折了花冠，击碎了裙裳！

我也随着海潮漂漾，
漂漾到无边的地方
你那彩霞般的影儿
也和幻散了的彩霞一样！

作者简介

冯至（1905—1993），原名冯承植，字君培，诗人、教育家、翻译家。1921年考入北京大学预科，开始新诗创作，1927年出版了第一部诗集《昨日之歌》，曾赴德国留学，研究文学和哲学，获德国海德堡大学哲学博士学位，历任北京大学教授、西语系主任，代表作品有诗集《十四行集》、译作集《海涅诗选》等。

朗读指导

冯至受到新文化运动的影响，进入北京大学就开始写新诗，他先后加入过“浅草社”“沉钟社”。1930年他留学德国，五年后回国，先后在各大名校担任教授，一直都是德语翻译界的领头人物。冯至有很深的文学造诣，他的诗歌在诗坛一直都有重要的位置，尤其是他在西南联大时出版的《十四行诗》。

《我是一条小河》是冯至早期的一个关于爱情的寓言诗，也是他优秀抒情诗中的一首。这首诗具有浓烈的意境和诗情，深切地表达了诗人对心中所爱的渴望。朗读时，感受自己化成一条小河，用这首诗向爱人倾诉爱意，要放慢语速朗读，语调和节奏如缓缓流淌的溪水。

飘（节选）

玛格丽特·米切尔

“思嘉，我从来不是那种有耐心的人，不能拾起一片片的碎片，也不能把它们拼凑在一起，然后对自己说，这个修补的东西跟那个没有破坏的完全一样。一种东西破碎了就是破碎了——我宁愿记住它最美好的模样，也不想费劲儿把它修补好后，让这个破碎的地方伴随终生。也许，假如我再年轻一点——”他叹了一口气。“可是我已经这么大年纪了，无法相信那些纯属感情的说法，说是一切可以从头再来。我这么大年纪了，不能终生背着谎言的重负，在貌似体面的虚幻中过日子。我不能在跟你生活的同时，还要想办法对你撒谎，而且我绝不能欺骗自己。就是现在，我也不能对你说假话啊！我是很想关心你，并为你做些什么，可是我不能那样做。”他暗暗吸了一口气，然后轻松而温柔地说：“亲爱的，我一切都不管了。”

作者简介

玛格丽特·米切尔（1900—1949），美国著名女作家，美国文学史上一颗璀璨的明星。玛格丽特拥有幸福的婚姻生活，她的丈夫为了她的创作付出了巨大的辛劳，可以说没有丈夫约翰·马什，就没有《飘》的完成与出版。1936年2月，《飘》正式出版，玛格丽特一举成名。1937年，玛格丽特获得普利策奖。1949年，她在车祸中不幸罹难。

朗读指导

《飘》是玛格丽特唯一一部作品。小说以亚特兰大附近的种植园为故事场景，描写了美国南北战争前后南方人的生活。全书以思嘉与瑞德的爱情故事为主线，再现了美国的南北战争和南方地区的社会生活。小说呈现出的人物形象都是正、负两方面性格的组合体，这在当时的文学创作中是具有突破性的。

这是一部具有浪漫主义色彩的通俗小说，也是有史以来最经典的爱情巨著之一。作品中很多大段的对话和白描极富有哲理，影响了世界上一代又一代的读者。在人物命运的纠葛中，我们既能体会到南北战争时期美国社会政治、经济、文化等多方面的变迁，又能感受到男女主角演绎的这首爱情的高歌，开放式的结尾，更是给读者留下了广阔的想象空间。

茅屋

安徒生

浪花一次次地拍打着海岸，
一间小茅屋孤寂地站着，
一望辽阔直到天际，
没有一棵树木。

只有天空与大海在天际对接，
只有峭壁和悬崖在风中凝望，
但空气里充斥着幸福，
只因身边陪伴的爱人。

茅屋简陋得见不到金和银，
却住着一对深爱的恋人，
他们时不时凝望对方，
眼中盛满深情。

又小又破烂的小茅屋啊，
迎风伫立，看着多么孤单，

但是它又承载多少美丽的幸福，
一对相伴的爱人将它填满。

作者简介

汉斯·克里斯汀·安徒生（1805—1875），丹麦19世纪著名的童话作家，被誉为“世界儿童文学的太阳”。安徒生生于一个贫苦的鞋匠家庭，从小热爱文学。1822年，安徒生出版了他的第一本书《坟墓里的魔鬼》。1829年,《阿马格岛漫游记》出版,销售一空，自此作者全情投入到了童话故事的创作中。安徒生是西方文学史上首位把童话当作严肃文学进行创作的作家，他的很多作品至今仍是很多人文学的启蒙。

朗读指导

《茅屋》是安徒生的一首爱情诗篇。作者一生有过5次爱情，可是都以失败告终，终身未娶。不恰当地说，安徒生是“童话中的大巨人，爱情里的小矮人”。虽然安徒生的爱情生活并不顺遂，但是他在精神上是高傲的，有着一股与生俱来的高贵气质。《茅屋》这首诗篇展现了作者坚定的爱情观：即使“家徒四壁”，身处茅屋，只要有爱人相伴，便是最大的幸福。

挪威作曲家格里格曾为这首诗歌谱曲，使其成为著名的歌曲。当我们朗读这首诗篇的时候，不妨找出配乐歌曲，在深情的曲调中，欢快地为爱人读这首诗。所谓“诗以言志”，这首诗正是你与爱人之间感情的最好表达。无论外在的环境多么恶劣，都阻挡不了爱人所带来的温暖和满足。朗读的时候，让爱人闭上眼睛，认真聆听。

第三辑

CHAPTER 3

一辈子的约定，不多一分不少一秒

没有目的的旅行

周国平

没有比长途旅行更令人兴奋的了，也没有比长途旅行更容易使人感到无聊的了。

人生，就是一趟长途旅行。

一趟长途旅行。意味着奇遇，巧合，不寻常的机缘，意外的收获，陌生而新鲜的人和景物。总之，意味着种种打破生活常规的偶然性和可能性。所以，谁不是怀着朦胧的期待和莫名的激动踏上旅程的?

然而，一般规律是，随着旅程的延续，兴奋递减，无聊递增。

我们从记事起就已经身在这趟名为“人生”的列车上了。一开始，我们并不关心它开往何处。孩子们不需要为人生安上一个目的，他们扒在车窗边，小脸蛋紧贴玻璃，窗外掠过的田野、树木、房屋、人畜无不可观，无不使他们感到新奇。无聊与他们无缘。

不知从何时起，车窗外的景物不再那样令我们陶醉了。这是我们告别童年的一个确切标志，我们长大成人了。我们开始需要一个目的，而且往往也就有了一个也许清晰但多半模糊的目的。我们相信列车将把我们带往一个美妙的地方，那里的景物远比沿途优美。我们在心里悄悄给那地方冠以美好的名称，名之为“幸福”、“成功”、“善”、“真理”等等。

不幸的是，一旦我们开始憧憬一个目的，无聊便接踵而至。既然生活在远处，近处的就不是生活。既然目的最重要，过程就等而下之。我们的心飞向未来，只把身体留在现在，视正在经历的一切为必不可免的过程，耐着性子忍受。

列车在继续行进，但我们愈来愈意识到自己身寄逆旅，不禁暗暗计算日程，琢磨如何消磨途中的光阴。好交际者便找人攀谈，胡侃神聊，不厌其烦地议论天气、物价、新闻之类无聊话题。性情孤僻者则躲在一隅，闷头吸烟，自从无烟车厢普及以来，就只是坐着发呆、瞌睡、打呵欠。不学无术之徒掏出随身携带的通俗无聊小报和杂志，读了一遍又一遍。饱学之士翻开事先准备的学术名著，想聚精会神研读，终于读不进去，便屈尊向不学无术之徒借来通俗报刊，图个轻松。先生们没完没了地打扑克。太太们没完没了地打毛衣。凡此种种，雅俗同归，都是在无聊中打发时间，以无聊的方式逃避无聊。

当然，会有少数幸运儿因了自身的性情，或外在的机缘，对旅途本身仍然怀着浓厚的兴趣。一位诗人凭窗凝思，浮想连翩，笔下灵感如涌。一对妙龄男女隔座顾盼，两情款洽，眉间秋波频送。他们都乐在其中，不觉得旅途无聊。愈是心中老悬着一个遥远目的地的旅客，愈不耐旅途的漫长，容易百无聊赖。

由此可见，无聊生于目的与过程的分离，乃是一种对过程疏远和隔膜的心境。孩子或者像孩子一样单纯的人，目的意识淡薄，沉浸在过程中，过程和目的浑然不分，他们能够随遇而安，即事起兴，不易感到无聊。商人或者像商人一样精明的人，有非常明确实际的目的，以此指导行动，规划过程，目的与过程丝丝相扣，他们能够聚精会神，分秒必争，也不易感到无聊。怕就怕既失去了孩子的单纯，又不肯学商人的精明，目的意识强烈却并无明确实际的目的，有所追求但所求不是太缥缈就是太模糊。“我只是想要，但不知道究竟想要什么。”这种心境是滋生无聊的温床。心中弥漫着一团空虚，无物可以填充。凡到手的一切都不是想要的，于是难免无聊了。

舍近逐远似乎是我们人类的天性，大约正是目的意识在其中作祟。一座围城，城里的人想出去，城外的人想进来，如果出不去进不来，就感到无聊。这是达不到目的的无聊。一旦城里的人到了城外，城外的人到了城里，又觉得城外和城里不过尔尔。这是目的达到后的无聊。于是，健忘的人（我们多半是健忘的）折腾往回跑，陷入又一轮循环。等到城里城外都厌倦，是进是出都无所谓，更大的无聊就来临了。这是没有了目的的无聊。

超出生存以上的目的，大抵是想象力的产物。想象力需要为自己寻找一个落脚点，目的便是这落脚点。我们乘着想象力飞往远方，疏远了当下的现实。一旦想象中的目的实现，我们又会觉得它远不如想象。最后，我们倦于追求一个目的了，但并不因此就心满意足地降落到地面上来。我们乘着疲惫的想象力，心灰意懒地盘旋在这块我们业已厌倦的大地上空，茫然四顾，无处栖身。

让我们回到那趟名为“人生”的列车上来。假定我们各自怀着一个目的，相信列车终将把我们带到心向往之的某地，为此我们忍受着旅途的无聊，这时列车的广播突然响了，通知我们列车并非开往某地，非但不是开往某地，而且不开往任何地方，它根本就没有一个目的地。试想一下，在此之后，不再有一个目的来支撑我们忍受旅途的无聊，其无聊更将如何？

然而，这正是我们或早或迟会悟到的人生真相。“天地者万物之逆旅”，万物之灵也只是万物的一分子，逃不脱大自然安排的命运。人活一世，不过是到天地间走一趟罢了。人生的终点是死，死总不该是人生的目的。人生原本就是一趟没有目的的旅行。

鉴于人生本无目的，只是过程，有的哲人就教导我们重视过程，不要在乎目的。如果真能像孩子那样沉浸在过程中，当然可免除无聊。可惜的是，我们已非孩子，觉醒了的目的意识不容易回归混沌。莱辛说他重视追求真理的过程胜于重视真理本身，这话怕是出于一种无奈的心情，正因为过于重视真理，同时又过于清醒地看到真理并不存在，才不得已而返求诸过程。看破目的阙如而执着过程，这好比看破红尘的人还俗，与过程早已隔了一道鸿沟，至多只能做到貌合神离而已。

但是，在没有目的时，我们仍有目的意识。在无可期待时，我们仍茫茫然若有所待。我们有时会沉醉在过程中，但是不可能始终和过程打成一片。我们渴念过程背后的目的，或者省悟过程背后绝无目的时，我们都会对过程产生疏远和隔膜之感。然而，我们又被粘滞在过程中，我们的生命仅是一过程而已。我们心不在焉而又身不由己，这种心境便是无聊。

作者简介

周国平（1945— ），中国学者、作家，现为中国社会科学院哲学研究所研究员，是中国改革开放后较早研究尼采的学者。他因为翻译尼采的作品而备受关注，他的散文又将他推上了更高的地位。代表作品有学术专著《尼采：在世纪的转折点上》、散文集《守望的距离》、随感集《人与永恒》等。

朗读指导

周国平蜚声于20世纪90年代，至此之后，在读者心中久盛不衰。有句话说“男读王小波，女读周国平”，周国平是研究尼采的学者，作为一个哲学研究者，他的散文注定带着沉思的气质。

周国平的这篇散文写于20世纪90年代，这个时期是他散文创作的一个高峰期，他的大多成名作品都写于此时，比如《守望的距离》《安静的位置》等。

这篇散文依然带着周国平特有的哲学思维方式。他所研究的哲学思想，被他用散文这种通俗易懂的方式带给读者。没有几个人能完全读懂尼采，但是我们大多数人能读懂周国平。

这篇散文比较长，朗读的时候可以低声，语速和平时聊天的节奏差不多。可以与爱人一起讨论人生的意义，感受两人命运和生命连在一起的感动。

木马——马年元旦写给小曼

陈东东

上不紧发条的礼拜天慢转
浦江轮烟囱，喷吐一朵朵棉花大白兔
锈斑点点的长耳朵旋钥
还不够炫耀
那两只假想的红眼睛
氢气球，从旧洋房三楼的露台
升腾，半空中回头看
拖曳陈伯伯赶紧去公园的
开裆裤弟弟，小麻雀吵吵嚷嚷
围绕追随勃起来直指欢乐的小鸡鸡

从前，桅杆上，捆绑过一位智勇叔叔
回乡的奇幻航行间，他刻意让一匹
内置危机的木马留驻于欲望的胸襟
豪饮般倾听诱惑之鸟的迷魂调琼浆
他真正的眷恋
是未曾被战争戕杀的过去

作为疮痍后新生的未来
而他最终相信的爱情里，有一台织机
惦念之梭往复，他的船泊靠
纵横帆旗帜改换云天的锦缎河畔

并没有讲完的这个故事，多少年后
在另一个星期天，因为另一座
空寂无人的儿童游乐场又得以杜撰
正当我和你，历尽各自不同的往昔抵达
此刻，要以眺望，回忆我们共同的来历
我们也去找弟弟和陈伯伯当初去找的
那枚按钮——它会启动木马转盘
唱奏无限循环的时光
其中暗藏的同一粒
死亡，会呈现换算欢乐的方程式

作者简介

陈东东（1961—　），祖籍江苏吴江，出生并长期生活于上海。20世纪80年代初在上海师范大学中文系读书期间开始写诗，主持编印过多种民间诗刊。有诗集《夏之书·解禁书》《导游图》，诗文集《短篇·流水》和随笔集《黑镜子》《只言片语来自写作》等十数种著作出版。现居深圳和上海，专事写作。

朗读指导

中国80年代末出现的一批诗人，被称为第三代诗人。第三代诗人采用象征主义、黑色幽默、意象派等手法，把物象进行机械化的组装，让诗变得扑朔迷离，无法理解，甚至无法想象，有别于第二代诗人（北岛、舒婷）那种简单、直白、易懂的朦胧诗。陈东东是中国第三代诗人的代表，在诗人圈里是一个比较活跃的人物，他是上海诗群的领头人之一。

诗人对爱人表达爱意，“正当我和你，历尽各自不同的往昔抵达”，我们一起去寻找爱情里的那颗按钮，“其中暗藏的同一粒死亡，会呈现换算欢乐的方程式”。朗读这首诗的时候，不必非要弄清楚这首诗具体的象征意义，感受诗人想要传达的爱情意境即可。

净土（之一）

昌耀

雪线……
那最后的银峰超凡脱俗，
成为蓝天晶莹的岛屿，
归属寂寞的雪豹逡巡。
而在山麓，却是大地绿色的盆盂，
昆虫在那里扇动翅翼
梭织多彩的流风。
牧人走了，拆去帐幕，
将灶群寄存给疲惫了的牧场。
那粪火的青烟似乎还在召唤发酵罐中的
曲香，和兽皮褥垫下肢体的烘热。
在外人不易知晓的河谷，
已支起了牧人的夏宫，
土伯特人卷发的婴儿好似袋鼠
从母亲的袍襟探出头来，
诧异眼前刚刚组合的村落。
……一头花鹿冲向断崖，

扭作半个轻柔的金环，
瞬间随同落日消散。
而远方送来了男性的吆喝，
那吐自丹田的音韵，久久
随着疾去的蹄声在深山传递。
高山大谷里这些乐天的子民
护佑着那异方的来客，
以他们固有的旷达
决不屈就于那些强加的忧患
和令人气闷的荣辱。
这里是良知的净土。

作者简介

昌耀（1936—2000），原名王昌耀，中国著名诗人，1950年写出处女作《人桥》，从此与诗歌艺术结下不解之缘。1953年，在朝鲜战场上负伤后转入河北省荣军学校读书，1954年开始发表诗作。其代表作有《划呀，划呀，父亲们！》《慈航》《意绪》《哈拉库图》等。

朗读指导

昌耀的诗歌带着西北男人的洒脱，他将世间万物都纳入自己的诗歌里面。在他的笔下，微风是因昆虫的羽翼扇动，牧场是牧人的寄宿处。他对自然的敬畏、对万物的感知，让读者将狭隘的生命意义无限扩大。他的眼中，男人和山，女人和水，荣辱和净土，都是灵魂和生命的对话。

昌耀的诗意境宏远，他的诗是讲述人类伟大的史诗，他是探索人类生命源头的勇士。

这首诗将青藏高原的景物描绘得像是天堂，天空旷达，牛马和牧人在草原上影影绰绰，空气里满是风吹过留下的阳光味道。这就是自然赐予诗人的，也是诗人赐予我们的净土。读这首诗的时候，可以在空阔的郊外或公园，大声朗诵。可以给自己朗读，也可以给爱人朗读，爱就是两人之间的净土。

净土（之二）

昌耀

……而在白昼的背后
是灿烂的群星。
升起了成人的诱梦曲。
筋骨完成了劳动的日课，
此刻不再做神圣的醉舞。
杵杆，和奶油搅拌桶
最后也熄灭了象牙的华彩。
沿着河边
无声的栅栏——
九十九头牦牛以精确的等距
缓步横贯茸茸的山阜，
如同一列游走的
堠堡。
灶膛还醒着。
火光撩逗下的肉体
无须在梦中羞闭自己的贝壳。
这些高度完美的艺术品

正像他们无羁的灵魂一样裸露
承受着夜的抚慰。
——生之留恋将永恒永恒……
但在墨绿的林莽，
下山虎栖止于断崖，
再也克制不了难熬的孤独，
飞身擦过刺藤。
寄生的群蝇
从虎背拖出了一道噼啪的火花
急忙又——
追寻它们的宿主……

朗读指导

这首诗是昌耀对高原夜晚的赞歌。夜幕笼罩下的高原，一切喧嚣都归于静寂，群星出现，牦牛排着队归来，灶膛里的火生起来。这首诗满含静谧的幸福，山是幸福的，星星是幸福的，连帐篷里的人儿也是幸福的。他们都被这静谧的夜晚抚慰。

昌耀的原籍是湖南，但是在西北生活几十年后，他的骨子里已经满是西北烈风的凛冽，写出的诗歌有着高原的苍茫和原始的阔达。

这首诗，适合在灯火灿烂的夜晚，临窗朗诵，跟爱人一起感受来自西北的沧桑，让生命忘记生活的琐碎，让人生变得很轻。

浮生六记（节选）

沈复

余性爽直，落拓不羁；芸若腐儒，迂拘多礼。偶为披衣整袖，必连声道“得罪”；或递巾授扇，必起身来接。余始厌之，曰：“卿欲以礼缚我耶？《语》曰：‘礼多必诈’。”芸两颊发赤，曰：“恭而有礼，何反言诈？”余曰：“恭敬在心，不在虚文。”芸曰：“至亲莫如父母，可内敬在心而外肆狂放耶？”余曰：“前言戏之耳。”芸曰：“世间反目多由戏起，后勿冤妾，令人郁死！”余乃挽之入怀，抚慰之，始解颜为笑。自此“岂敢”、“得罪”竟成语助词矣。鸿案相庄廿有三年，年愈久而情愈密。家庭之内，或暗室相逢，窄途邂逅，必握手问曰：“何处去？”私心忒忒，如恐旁人见之者。实则同行并坐，初犹避人，久则不以为意。芸或与人坐谈，见余至，必起立偏挪其身，余就而并焉。彼此皆不觉其所以然者，始以为惭，继成不期然而然。独怪老年夫妇相视如仇者，不知何意？或曰：“非如是，焉得白头偕老哉？”斯言诚然欤？

是年七夕，芸设香烛瓜果，同拜天孙于我取轩中。余镌“愿生生世世为夫妇”图章二方，余执朱文，芸执白文，以为往来书信之用。是夜月色颇佳，俯视河中，波光如练，轻罗小扇，并坐水窗，仰见飞云过天，变态万状。芸曰：“宇宙之大，同此一月，不知今日世间，亦有如我两人之情兴否？”余曰：“纳凉玩月，到处有之。若品论云霞，或求之幽闺绣闼，慧心默证者固亦不少。若夫妇同观，所品论者恐不在此云霞耳。”未几，烛烬月沉，撤果归卧。

作者简介

沈复（1763—1832），字三白，号梅逸，清代著名文学家。沈复一生没有参加过科举考试，早年从事幕僚，中年时期在苏州经商。他与妻子陈芸的感情，成为后世津津乐道的话题。《浮生六记》是他的一部自传体作品，“浮生”取自李白的“浮生如梦，为欢几何”。林语堂1936年将《浮生六记》中的四篇翻译成英文，并给予了很高的评价。

朗读指导

《浮生六记》是沈复的一部回忆录，作者用纯朴的文笔记录了自己大半生的经历，其中他与妻子的布衣蔬食的生活，尤其令人羡慕。陈芸原是沈复的表姐，二人青梅竹马、两小无猜。结为夫妻后，琴瑟和鸣二十三年，亲如形影，一对璧人，羡煞旁人。

这篇节选生动地描绘了作者与妻子妙趣横生的婚后生活。正所谓只要有对的人相伴，即使默默地对望，也是一种情趣，也是一幅美妙的画面。作者对生活的点滴记录呈现出一种单纯率真、独抒性灵、不拘格套的生活态度，令人艳羡。在中国文学史上，如此大篇幅记录自己与妻子的生活的作品实属罕见，但是这样的文字，却又真真是我们向往的。

邀上你的爱人，和他一起读一读这部作品，也许你们会回想两人的相知相恋，发现被遗失的生活的美好。

在异地

秦巴子

夜色四合之后，我慢慢
走回内心。是谁坐在身边?
催眠曲无法催眠。

远窗灯火闪烁，枕畔
书页拂动着流年碎影，
灵魂的脚步被我听见。

我是我自己留宿的客人，
说什么夜色如晦，说什么
夜凉如水，孤旅如寄。
我是我表盘里奔跑的时针，
让生命在每一刻都有见证
在异地，让世界扑面而来。

我自己扶着自己
如同黑暗中的每一个人，

如同事物们的存在本身。

在异地，声音像声音，
在异地，眼泪像眼泪，
失眠的人也更像他自己。

作者简介

秦巴子（1960— ），诗人、作家、职业办刊人，1985年开始发表文学作品，迄今已在中国大陆、港台地区及美国、菲律宾、澳大利亚等海内外报刊发表诗歌、小说、散文随笔、评论等数百万字，曾为多家报刊专栏撰稿，获各种文学奖数十项。作品被译成英、俄、日等多国文字。出版诗集《立体交叉》《理智之年》散文集《时尚杂志》，长篇小说《身体课》《跟踪记》等。

朗读指导

秦巴子被称为实力派诗人，他的作品体现着西北人特有的低调和深沉。他不仅写诗，还写小说，他的小说《身体课》曾经入围第八届茅盾文学奖提名。

这首诗讲述了作者在夜晚静寂的时刻对自我和生命的追问。作者说自己跟其他人和万物一样，都只是这个世界的客人，这个世界见证着我们的存在。

人生来就是孤单的，却又渴望依偎和温暖，害怕孤独，所以，我们才要恋爱，才要有爱人，才会有伴侣。

这首诗适合在夜深人静的时候，与自己的爱人一起朗诵，在诗歌气氛的感染下，感受彼此内心深处的柔软，让两个人的灵魂互相应答。这首诗适合轻声、缓慢朗读，在每一个小节后停顿片刻，感受诗句的意蕴。

夜深时点一支烟

潘洗尘

总是在夜深的时候
点一支烟
然后借那一点点的光亮
去找你

于是一千多个日日夜夜
我孤单而疲倦的背影
反反复复穿越城市的雪落雪化
和阳光的疼痛
抵达黑夜并与黑夜相望相守

总是在夜深的时候
点一支烟
然后在书页上
一遍遍写你的名字
然后再点一支
想一想你曾说过的每一句话

然后再点一支的时侯
烟灰已落满书页和你的照片
这时我看见自己
早已泪流满面

于是我把相识的日子
写在照片的背面
然后点上最后一支烟
20020113 我正着数倒着数
数到 1024 次天就亮了

作者简介

潘洗尘（1963—　），当代诗人。其作品被译为英、法、俄等多种文字，先后出版多部诗集和随笔集，诗作《饮九月初九的酒》《六月我们看海去》等入选普通高中语文课本和大学语文教材。他曾获《绿风》奔马奖、柔刚诗歌奖、《上海文学》奖、《诗潮》最受读者喜爱的诗歌年度金奖、《新世纪诗典》李白诗歌奖成就奖等多种诗歌奖项。

朗读指导

潘洗尘是 20 世纪 80 年代校园诗歌的活跃人物。他的《六月我们看海去》在当时引起了极大的反响，“没有驼铃也要去远方”，这一诗句被无数人当作格言，铭刻在青春的丰碑上。他写这首诗的时候，还没有看过大海，所以，他把那种想要看海的渴望表现得淋漓尽致，给人以直白、真实之感。

在这首诗里，作者对爱人念念不忘，将名字和模样刻在心上。随着夜越来越深，自己对爱人的思念和爱恋也变得越来越长，漫漫长夜，诗人抽的一支又一支的烟全是跟爱人一起的点点滴滴，被吸进肺里，融进血液和灵魂。

这首诗适合两人分隔两地时，或小别重逢后，给爱人朗读，以表达自己的思念和依恋。朗读的时候，一定用低吟的方式，轻轻朗诵，感受思念的绵长。

颂诗——飞翔

李南

另一种归寂的声音令我饱含泪水
三月的天空　爱情常青
我们恍恍惚惚
相遇在晴朗的水中
那是金光的水
掠过我们共同的田野
你看我多么像
时间背后的景物
多么像你的候鸟　等待着
与你居住

哦　我们背离家园
永远飞翔
我们享受万物和幸事
忙着相爱。一任生命的足音
匆匆而过

亲爱的　我们将深居简出
没有谁能阻止这一切
没有谁

作者简介

李南（1964—　），女诗人，1983 年开始写诗，出版《时间松开了手》等诗集，曾获得昌耀诗歌奖等，作品被收入国内外多种选本。现居河北石家庄市。

朗读指导

作者说：“这首诗是热恋中的产物，是系列爱情诗之一。当时在爱情中，年轻，张扬，大胆，对世界的宣言看上去是那么的坦荡，率真。”

李南是为数不多的当代优秀女诗人之一，她的诗歌创作受萨福、艾米丽·狄金森、茨维塔耶娃和辛波斯卡等人的影响。诗人燎原曾这样评价她：“李南是一位能够通过自己的写作，让当代诗歌获得尊严的诗人；一位能给当代诗歌带来信誉的诗人。”

在草长莺飞的春天，在夕阳西垂的午后，在阳光明媚的冬日，给爱人朗读这首诗，或者两人一起朗读，歌颂两人的相爱，歌颂两人的相伴。这首诗，适合大声地、深情地朗读，可以多读两遍，感受诗的意蕴。

我的两地书（节选）

向以鲜

箱子

1000 多封南来北往的锦书
都被可可逐一编上号码
然后装进那只草黄的帆布箱子
一件父亲 1956 年迎娶母亲的聘礼

考上大学时，父亲用手
慌乱遮住箱子一角
小声叮嘱我：带上它吧
只有最宝贵的东西才能放进去

在箱子的右上角
刺目地露出一条刀口
上面排列着整齐精致的针线活儿
那是父母年轻时的生活痛痕

在残酷的环境中难有完美之物
母亲花了很长时间才弥合
我和可可将所有的疯话
所有的雨丝风片一齐锁进箱子

高阁

记得上一次整理信件时
女儿刚刚出生。可可说
将来一定要让她看看父亲
和母亲是如何相爱的

这话仿佛昨晚才说出
不然，怎么会这般清晰又伤神
满怀心事的箱子一直束之高阁
女儿一天天长大，却再也没有打开

不是因为放得太高太沉，而是因为
有一丝畏惧或太多的珍惜
仿佛要以一种宗教的庄严情感
去守护一段尘封的苍茫岁月

虫疑

可可一直很担心
虽然没有说出口来
我知道疑心所在：可能的虫子
那些热爱文字和相思的凶猛之物
由时光潜心饲养的阅读小宠
会不会一字字一句句一页页
一封封吃掉我们的两地书
吃掉我们的青春、泪痕和失眠夜
吃掉嘉陵江的半轮明月
吃掉海河的三尺积雪

不朽

我和可可的两地书迄今还紧束着
束在不欲轻启的回忆暗箱里
至于可可担心的事情
如果真有，必是命运刻意安排
再美丽的箱子也会有裂缝
再动人的手札也可能遭虫蛀
或许那是以另一种方式

更为不朽的繁衍方式在腹藏
在传递只属于我和可可的两地书

作者简介

向以鲜（1963— ），诗人，学者，四川大学教授，现居于成都。著有《超越江湖的诗人》《唐诗弥撒曲》《观物》《我的孔子》等。他曾获《诗歌报》首届中国探索诗大赛特等奖、天铎（乙未）诗歌奖、纳通国际儒学奖、成都商报中国年度诗人奖等。作品被收入海内外多种诗歌选集，20世纪80年代末，他先后参与创立《王朝》《红旗》《象罔》等民间诗刊。

朗读指导

诗人长期居住于成都，那是一个诗意的城市，被称为最适宜居住的城市之一。作者完整地保留着20世纪80年代的1000多封书信（1983年至1986年天津、重庆之间的两地书），一直深锁在箱子里面。诗人以《我的两地书》纪念逝去的、不再回来的青春岁月。

青春的爱情可以是热烈的，青春的回忆可以是多彩的，无论哪一种都是我们经历的，或许有痛，或许有伤，但是经过岁月的沉淀，这些都成为点缀人生的珍珠。

只顾埋头于烦琐尘世的我们不妨反思片刻，我们的青春曾留下什么痕迹让我们凭吊。

这首诗适合在周末的下午给爱人朗读，回味青春岁月，寻找彼此青春时的点点滴滴。朗读的时候，建议声音低沉，语调悠长，给爱人留出回味过去的时间。

写给妻子的诗

胡弦

你疲劳、有眩晕症，但还要喝咖啡，
因为还要开车赶很远的路。
（每当这时，我就下决心去学开车，
但至今还没有学。）
你系上围裙，熟练地缝纫，
熟练地切菜，炒饭，擦去玻璃上的灰尘。
如果不仔细看，察觉不到
你比年轻时已慢了很多。
你是辛苦的，就像我常喊自己累。
直到近年，我才从
自己的累中知道了你从不喊出的累。
岳父坐轮椅，岳母满头白发。我从
那白发上，看到了二十年后的你，看到
你的背已有些驼了。
你去买药，买尿不湿，买大家的早点，
顺便为我买来衬衫和拖鞋。
有次晚饭后你说，帮我扫扫地吧。我从

"帮我"一词中，察觉到你的迟疑。
——多么惊心的发现。
你一直为我能写东西而自豪，总以为
我无时无刻不在思索中。
当女儿也知道了疼爱你，
我仍是那最迟钝的一个。
年轻时，你爱打排球，跑步，读小说……
如今，这些爱好几乎都不见了。
你爱花，但很少舍得买。
一个当年的文艺青年，已老了，
习惯了从夕阳下匆匆走过。
你爱在临睡前看会电视，总是
看着看着就睡着了。就像今晚，电视机响着，
你却斜靠在沙发上轻声打鼾。
我把遥控器从你手里拿开，你没有醒。
这一刻，劳作像暂时离开了你。
琐事丢开，你松弛而柔软。
壁灯光线，看上去疲倦又温暖。

作者简介

胡弦（1966—　），诗人，现居南京。出版诗集《寻墨记》《沙漏》，散文集《永远无法返乡的人》等。作品曾获柔刚诗歌奖、闻

一多诗歌奖、徐志摩诗歌奖、《诗刊》《十月》《作品》等刊年度诗歌奖、腾讯书院文学奖等。

朗读指导

胡弦先后做过老师、记者、编辑，只有诗人这个身份是他自始至终从未改变的。胡弦从 20 世纪 90 年代开始写诗，直到现在依然用诗句来描绘生活。

相爱的两个人，经历过青春的激烈，在生活的涤荡下，所有的日子会像白开水一样平淡悠长。爱情渗透生活，变成相互守望的亲情。

这首诗是诗人写给妻子的一首告白诗，认真说来，这首诗更像是作者的忏悔自白。三言两语让妻子的形象跃然于诗句之上——将家庭一切包揽于一身，甘愿做丈夫事业背后的支柱。

胡弦的诗直白，却充满感情，特别适合用来向爱人表达感恩之情。这首诗适合晚上劳累一天后，丈夫为妻子朗读，还有，请为妻子准备好纸巾（她也许会因此流下激动的泪水）。朗读的时候，一定要在妻子耳边轻声低语。

白葡萄酒为什么也让人脸红
——给吴子林

安琪

红葡萄酒让人脸红
白葡萄酒为什么，也让人脸红？

那天你往我的身体倒酒，红葡萄酒
白葡萄酒，于是你浇灌出了

红脸的我
继续红脸的我

我红着脸听你赞美我
然后我继续红着脸赞美你

批评的话让人脸红
赞美的话为什么，也让人脸红？

作者简介

安琪（1969— ），本名黄江嫔，中国作家协会会员，新世纪十佳青年女诗人。诗作入选《中国当代文学专题教程》《中国新诗百年大典》《百年中国长诗经典》等。出版有诗集《奔跑的栅栏》《你无法模仿我的生活》《极地之境》及随笔集《女性主义者笔记》等。

朗读指导

2014年春节，诗人和爱人吴子林没有回福建老家，在北京过年，本诗的写作时间正好是除夕之夜。当时，诗人和爱人喝了一点儿酒，桌上有两种酒——红葡萄酒、白葡萄酒，爱人问诗人喝哪种，诗人说“白的吧，白的不常喝”。诗人是个沾酒必脸红的人，看着镜中满脸通红的自己，一个问号涌了上来，“白葡萄酒为什么也让人脸红”？这当然是一个浅显直白的问题，但诗歌恰恰有技巧地借这个浅显直白的意象来表达爱人对自己情感的热烈，爱情之酒浇灌出脸上带着红晕的诗人。

全诗语言并不复杂，但意境十分巧妙，诗人向爱人撒娇，爱人用白葡萄酒浇灌出红脸的诗人，这让人感受到恋人之间的小幸福。这首诗适合爱人们在一起嬉笑的时候朗读，声音带着俏皮，还要饱含爱意。

悬瞳

李轻松

如果我能够追想，这一次的知遇
像冬日的月儿一样薄而脆弱
像冬日的月儿一样白而易碎
那么我呼吸的风已袅袅飞散

这印花的被子与我的皮肤这么相称
一种恋旧的结，类似一条藤蔓
你环绕的双手一样缠紧我，并在我心的
背面。在灵魂最阴暗的一隅
翻拣我陈年的旧物

这时你宽衣的声音簌簌响起
一声喘息都能使我瘫软。请望定我！
让我看看你瞳仁里闪亮的火苗
看看火苗中游移的阴影。请望定我！
这比水还清白的身体
最初怎样给你？如果你要

现在怎样给你？只要你要

在你墙上的壁画中看到死鱼的眼睛
一种空洞。一种悬浮的恫——
无着且无落。以及被打碎的陶片
如此尖锐。流血的快感
你用身体做炭
在燃烧的火与仇视中
把女人焚毁的同时先把自己焚毁
这本身充满了意义

你最初的情人，最后的母亲
都必将是我。在这临时的天堂中穿行
像穿行在你的指缝和牢房中
无法呼救。一个因爱而被囚的女兽
类似于谁？你此生再也不会遭遇！

作者简介

李轻松（1963—　），毕业于中央戏剧学院，曾在精神病院工作五年。20 世纪 80 年代开始文学创作，参加了第十八届青春诗会，荣获第五届华文青年诗人奖，出版诗集《重落之姿》《李轻松诗歌》，散文集《女性意识》，长篇小说《花街》《心碎》《风中的蝴蝶》等，创作舞台剧《向日葵》《春江花月夜》等，另有影视作品多部，现为沈阳市作协副主席。

朗读指导

诗人曾在精神病院工作，她说，在病人的一声声吼叫声中，她开始写诗，每一首诗都是一次灵魂的飞翔。诗人说，因为她的诗歌创作开端源于医院，所以她对白色房子十分迷恋，那个医院像是她精神的故园。这首诗感情激烈，语言单纯直接，给人以纯粹的执着。女诗人的诗总是能拨动人最隐秘的那根心弦，比如李清照，她的一句“绿肥红瘦”传唱千年，道尽一夜风雨后的飘零之象。

这是一首情感激烈的情诗，诗人要将自己的全部送给自己的爱人，要占有爱人的一切，希望能跟爱人一起焚烧在爱的火焰里。诗人的诗句直白，让人读起来脸上有点儿发烧。

这首诗适合让热恋的人给爱人朗读，也适合多年夫妻回味青春的二人世界。朗读时，语调稍慢，带着一点渴求，让爱人感受自己对他的深情。

你一定要和我一起慢慢变老

白兰

一谈到未来我的心就微微颤抖
仿佛指给我一片沙漠
旷野茫茫我一人……

那时我日渐衰老的心像一片薄纸
沉甸甸的岁月啊……

你一定要与我一起慢慢变老
在我虚若浮草的暮年里
做我的一根拐杖
我要亲眼看你沟壑横生的面颊
怎样刻下星辰的光辉。

我要与你一起去体验那个庄严的时辰
——生命滑入深谷的瞬间
我们神态安详
如一粒草籽缓缓落入泥土

自己庆祝自己的再生……

我还要与你一同去忍受一些疼痛与迟缓
它们艾草般排布在未来的日子里
让我们见证
一场婚姻至死不渝的胜利。

哦，爱人！趁着现在光景还好
我们提前为心房注入足够的营养
好去迎接
那一时刻的来临……

作者简介

白兰，原名程岚，20世纪60年代生人，现居北京和石家庄。诗歌作品见于各种诗歌杂志与多家年度诗选。著有诗集《爱的千山万水》《草木之心》，获第三届河北诗人奖。

朗读指导

当一场婚姻经历几十年之后，爱人之间就如左手和右手，爱与不爱，处于一种木然状态：每天都是工作、回家、吃饭、睡觉……还会为了琐碎家事拌嘴。这样的日子久了，两人像是被时光和生活磨光的石头，偶尔碰撞，却已经没有了对彼此的感触。

一个春天，诗人的爱人查出了身体异样，这个突发情况就如一支箭，一下子朝着诗人射来。诗人在经历了慌乱、恐惧、焦虑后，发现爱人已经渗透自己的生命和灵魂。

执子之手，与子偕老。最好的事，莫过于两人一起慢慢变老。

这首诗感情激烈，是诗人对爱人深沉的呼唤和期盼，适合在劳累一天后，两人在公园或卧室互诉衷情，抽离于生活的琐碎，感受彼此在对方心中的重要性。这首诗适合深情地大声朗读，朗读的时候语速稍慢，感情要饱满。

百年之后——致妻

大解

百年之后　当我们退出生活
躲在匣子里　并排着　依偎着
像新婚一样躺在一起
是多么安宁

百年之后我们的儿子和女儿
也都死了　我们的朋友和仇人
也平息了恩怨
干净的云彩下面走动着新人

一想到这些　我的心
就像春风一样温暖　轻松
一切都有了结果　我们不再担心
生活中的变故和伤害

聚散都已过去　缘分已定
百年之后我们就是灰尘

时间宽恕了我们　让我们安息
又一再地催促万物　重复我们的命运

作者简介

大解（1957—　），原名解文阁，河北青龙县人，现居石家庄。主要作品有长诗《悲歌》、小说《长歌》、寓言集《傻子寓言》等，作品曾获鲁迅文学奖等多种奖项。

朗读指导

诗人的话：我的老家在燕山东麓，人死后，夫妻要埋葬在同一座坟丘里。从死亡的角度看，人在世间的生活是短暂的，就像一个序曲，死后夫妻并排躺在一起，埋在一起，才是永恒的依偎、永恒的安居。想到这些，我格外地珍惜生活，珍惜此生，写下了《百年之后——致妻》，并感激命运赐给我们的机缘。

这是一首讲述爱情永恒的诗，让人重新定义了爱情的永恒。我们都会逝去，新生命会继续，时间将会原谅一切，让万物轮回。我们也只是轮回中的一个篇章。

这首诗适合两人依偎着互相读给对方，品味跨越时间的悠长。朗读的时候，声音要轻，感情要收住，语速要慢，每一句诗都流入爱人的耳朵，随着血液深入骨髓。

爱情颂诗：给英子

韩文戈

你说这日子多么快乐！
我们陶醉在自己的运气里，像两盏灯
冬天并不都使人丧气，太阳是多么温暖
友好的手等着时辰和圣约
嘴唇等着嘴唇
水在窗外泊着世俗的目光浮动
但与我们无关
那空气是大家的粮食，把季节交给别人
英子，答应我
世上只有我们，我们只有心

这是多么漫长又多么忧伤的季节
在这个季节，我们是有福的那些人
我们写诗，我们恋爱
我们甚至拥有欢乐的疼痛
让萨福在光中歌唱吧
她是我们远在希腊的好姐姐

她会在年代久远的光里
写一些赠给我们的抒情诗
萨福，萨福。英子，英子！

作者简介

韩文戈（1964— ），河北丰润人，现居石家庄。1982年开始进行诗歌写作并发表第一首诗，已出版诗集《吉祥的村庄》《渐渐远去的夏天》《晴空下》，得奖若干，习诗至今。

朗读指导

诗人从1982年开始发表诗歌，崇尚自然和本土风格，是诗坛的常青树。这首诗是诗人25年前的旧作，也是留给青春的礼物与纪念，情之所至，爱情中的女性皆为萨福。

这是陷入热恋的青年对自己的爱人发出的最真挚的表白。诗人的眼中、心里就只有自己的爱人，这个世上就只有他和英子，他们的快乐穿透25年的岁月，让此刻的你我都能感受到那种炽烈。

这首诗适合热恋中的情侣、回忆青春时节的夫妻朗读，情侣感受爱情世界的私密，夫妻回望两人的青春岁月，找回恋爱时的感觉。朗诵这首诗的时候，语气要轻快，声音要爽朗，像是夏天的阳光，炽烈又透明。

从惊梦中醒来

张文质

一

不须　看到更多
我摸着你的脸
一种习惯
使我和你在一起

如果　不是这样
还不能想到
房间空了很多
在阴雨中　音乐
也充溢着安静

二

从不害怕安静
独处　坐在房子里
再小的一朵花　也有颜色

事实上　适于赞美你的人
也适于像你一样凋谢

我说　需要
把爱作为礼物
肃穆中　逃出自己的疼痛
我分开恐惧　和同样无名的
贪欲　丢下一块包裹身体的布

三

一块布解开了身体
你很少想到　只有奇妙的事物
才能自我娱乐
随时都可以找到
橱柜　暗格　芬香的绸缎
纽扣上的四个小孔

你懂得编织一朵花
我不想看到另一朵
脱口说出时　并不知道
这是一个寓言
透过窗棂　远远地起落着

无数麻雀

四

被怜悯　因为不适
一个人或者一朵花
身体出发时身体知道
何时停下　归于
尘土　潮湿　温热的
午后　无论你看得多远

你能看多远　也记不得
前一次的日光　和寒露
记不得自己也是礼物
曾被谁找到

作者简介

张文质（1963—　），诗人，教育学者，生命化教育的倡导者，长期致力于基础教育和家庭教育的理论研究与探索。出版的主要著作有：诗集《引向黑暗之门》《写给身体的戒备书》，教育作品《张文质教育文集》《唇舌的授权》《书如何拯救生活》《奶蜜盐》等。

朗读指导

作者是20世纪80年代的诗人，当时物质匮乏，精神反而极其丰富，一大批年轻诗人如雨后春笋般出现，给我们奉献了大批优秀的诗作。海子面朝大海，顾城有黑色的眼睛。他们对爱的敏感，对幸福的捕捉，让生活在快节奏的人们反省。

诗人夜半惊醒，看到身边的爱人，感慨良多。陪伴像是空气，没有你的房子像是高原，稀薄得令人窒息。习惯也罢，爱情也好，爱人之间的陪伴已经根植于灵魂深处，连身体都已经臣服。爱人是上天赐予的礼物，是青春的赞美，是岁月的馈赠。

朗诵这首诗的时候，爱人们可以并肩坐在床头，一个人轻声读，另一个用心听。

祝英台近——为马僮的生日而作

宋琳

野鸭三两只，牵动柳丝与春色
新燕投递来一个旧址
邀约我们在呢喃中留下
四月像绿度母的一个眼神
从我们走过的地方回过头来张望

岁月悠悠，我仍在桥的这一岸等你
而另一个你，手捧着山茱萸
正梦着江南某个郊外的青山一脉
像手牵手的年华
起伏又逶迤，深藏起
前世的足音与呼吸

一个你，用誓言的鸟翅搭桥
一个我，在京沈线上往返
一个你，陷在沙发里编织未来的彩虹

一个我，醉心于芬芳的辞气

一年中最明媚的一日
在那一连串叮当响的星光逝去之后
我仍然要问：那把宇宙
和短暂的我们贯穿起来的
是年年不变的流水吗？

作者简介

宋琳（1959— ），诗人，生于厦门，毕业于上海华东师范大学中文系，曾就读于巴黎第七大学远东系，先后在新加坡、阿根廷居留。2003年以来受聘于国内几所大学执教，目前专事写作与绘画，著有诗集《城市人》《门厅》《断片与骊歌》等，曾获得鹿特丹国际诗歌节奖、《上海文学》奖、东荡子诗歌奖等。

朗读指导

华东师大是当代先锋诗歌的圣地之一，宋琳曾留校任教，他是第三代诗歌运动的代表人物，也是诗歌群体的精神领袖。宋琳从20世纪90年代起就开始旅居法国等国家，他说，流浪是他们这一代文人的标签之一。

现在宋琳已经满头华发，眼神里透着安静的力量，这也许是岁月轮回和文学沉淀的结果。

诗人为纪念爱人生日写下这首诗，在春江水暖的四月，歌颂两人今生的爱情和情缘。时光匆匆流逝，但是青春不老。这首诗适合在周末的午后，看着旧时的照片给爱人朗读，跟爱人一起回忆曾经的时光。

如果你是玫瑰

郑单衣

如果你是玫瑰
就请在这火红的夏季深深鞠躬

你是我前天的花朵，也是我后天的花朵
如果你爱我
如果你是玫瑰就燃烧着幸福！

就踏着正步，穿过梦魇
把你的刺，深深留在我肉中

可我，并不在这儿
我是在更高的空中行走

如果你是玫瑰
就把沉重的头转向我夏天的道路
就低垂、就紧紧贴住自己的脊背

如果你爱我
如果你是玫瑰就痛哭着虚无！

作者简介

郑单衣（1963—　），当代诗人，画家，1981年考入西南师范大学化学系，并开始发表诗歌，活跃于学生社团，1985年组织“重庆市大学生联合诗社”。曾主编社刊《大学生诗报》和《现代诗报》，任教贵州大学，后担任报社财经编辑、出版社总编辑、《亚洲文学评》高级编辑。作品被译成英文、德文、法文、日文、意大利文等逾十种文字。著有诗集《夏天的翅膀》。

朗读指导

诗人说：“爱是一种美好的能力。玫瑰成为玫瑰的能力，一种类似燃烧的状态。专注而且不断地，以成为那个更好、更完美的自己为单纯目标，是‘玫瑰’这个意象的主要含义。有评论指‘玫瑰’是我前期诗的核心语象。对我而言，除情感外，‘玫瑰’也是其他‘层出不穷’的美好事物的象征。”

诗人说很多人喜欢朗诵这首诗，他曾听到过一位重庆卫视主播配乐朗诵。这也是一种缘分，诗人的这首诗写于重庆，是1992年6月的一天，他在重庆市中区，原儿童图书馆对面那个街心花园中写的，后来修改过好多次，这首诗才面世出版。

诗人曾回忆写诗的那天下午，他坐在一群老人中间等朋友下班，突然诗兴大发直到黄昏，半个下午共写了158行诗，包括这首《如果你是玫瑰》。

这首诗是对爱情的沉思，朗读时，语调轻柔，放一段自己最喜欢的伴奏乐，跟爱人在安静的下午，一起朗读。

长干行·其一

李白

妾发初覆额，折花门前剧。
郎骑竹马来，绕床弄青梅。
同居长干里，两小无嫌猜。
十四为君妇，羞颜未尝开。
低头向暗壁，千唤不一回。
十五始展眉，愿同尘与灰。
常存抱柱信，岂上望夫台。
十六君远行，瞿塘滟滪堆。
五月不可触，猿声天上哀。
门前迟行迹，一一生绿苔。
苔深不能扫，落叶秋风早。
八月蝴蝶黄，双飞西园草。
感此伤妾心，坐愁红颜老。
早晚下三巴，预将书报家。
相迎不道远，直至长风沙。

作者简介

李白（701—762），字太白，号青莲居士，又号“谪仙人”，是唐代伟大的浪漫主义诗人，被后人誉为“诗仙”。李白的诗词歌赋以乐府、歌行及绝句的成就为最高。其歌行空无依傍，其绝句飘逸潇洒。在盛唐诗人中，兼长五绝与七绝的，只有李白一个人。李白深受黄老列庄思想影响，诗风大气洒脱，其诗文大多以描写山水和直抒内心情感为主，富有强烈的主观抒情色彩。代表作有《望庐山瀑布》《行路难》《蜀道难》《将进酒》等。

朗读指导

李白的《长干行》共两首，此诗为第一首，是诗人初游金陵时所作。长干，就是今天南京的秦淮河南。本诗以一位居住在长干里的商妇的口吻，讲述了自己的爱情故事，表达了独居的苦闷，以及对远行的丈夫的殷切思念。

开头六句，是回忆年少情动的动人画卷。接下来的八句，生动地描绘了初嫁新娘的婚姻生活。第十五句开始，诗人浓墨重彩地描绘了少妇的离别愁绪，整首诗的情感发展也进入了一个转折。

这首诗是李白描写妇女生活的杰出作品，诗人别出心裁，从童年的两小无猜写起，将生活的场景一幅幅精心展现，用短短的100余字，道尽了一个女子的成长史。它的艺术高度是其他叙述诗无法比拟的。

李白的这首诗非常适合我们在闲暇时深情地、略带悲感地诵读。这首诗能让我们体味到主人公从清纯少女到坚贞少妇的转变和她穿越千年的思念。无论当下有无思念的人儿，我们都可以细细品读、仔细体味这春蚕吐丝般的、绵绵不断的相思之情。

致燕妮

马克思

一

燕妮，你笑吧！你会惊奇
为什么我所有的诗篇
都是一个标题:《致燕妮》！
那是因为这个世界上只有你
是鼓舞我前行的源泉，
是上天赐予我的慰藉，
是闪烁在我灵魂深处的思想光辉。
这一切一切呀，都是你名字的恩赐！
燕妮，你的名字——每一个字母——都显得神奇！
它发出的每一个声响是多么美妙动听，
它奏出的每一章乐曲都萦绕在我耳际，
仿佛是神话故事中善良美好的精灵，
仿佛是春夜里明月熠熠闪耀的银辉，
仿佛是金色的琴弦弹出的微妙声音。

二

尽管有数不尽的书，我也能将你的名字写满千千万万卷，
你的名字能燃起思想的火焰，
能喷溅出斗志和事业的喷泉，
揭晓生活和人生的永恒真理，
为人类重现诗歌里所描述的世界，
愿那时掩埋了旧时代，迈入新世纪。
亿万年光芒不息的宇宙啊！
哪怕将燕妮的名字刻在砂砾上，
我也能在沙漠中找到她！
燕妮的名字随着风飘来，
给我带来满满的幸福信息，
我想要为她唱赞歌，传扬她的名字，
燕妮啊，你就是爱情的化身！

三

什么是语言？
难道是为了表达庸俗？
难道是为了传递荒诞？
它是否能承载我的爱情的高贵！
我的爱情，它是一个力大无比的巨人，

它荡平高山，推翻海浪！
啊，语言！你最爱偷走精神和意义！
你总是缩小和减少一切美好，
却总是喜欢歌颂和赞扬，
人们不愿公开的私密。
燕妮！如果我是天上的雷神，
如果我是掌控语言的精灵，
我一定要在天空中，
将闪耀的雷电谱写篇章
向你表达我忠诚的爱情，
让全世界牢记你的名字！

作者简介

卡尔·海因里希·马克思（1818—1883），被称为“全世界无产阶级和劳动人民的伟大导师”。马克思是德国伟大的思想家、政治家、哲学家、经济学家、革命家和社会学家。马克思创立了广为人知的“历史唯物主义”，并与恩格斯共同创立了“马克思主义学说”。

朗读指导

《致燕妮》是马克思给妻子燕妮的一首情诗。马克思与燕妮最初是两小无猜、青梅竹马的邻居。1836 年，18 岁的马克思向 22

岁的燕妮求婚。由于他们分隔两地，马克思便通过写诗来表达自己对爱人的情感和心声。由于家庭的阻碍，直到 1842 年，他们才最终结婚。从私定终身到合法结合，他们整整等了七年。

这首诗篇表达了作者对妻子满满的爱意。通篇读来，我们为这位伟大的革命先辈的热烈爱情所折服，同时我们也会想到，即使这样伟大的人物，也会深陷爱情的泥淖，与普通人相比，他的情感显得更炽烈。这是一首适合所有爱人诵读的诗篇，他们高尚的爱情给我们带来对爱情的向往和心灵的震颤。朗诵这首诗的时候，试着将燕妮的名字换成爱人的名字，给爱人直接的情感冲击。

明亮的星

济慈

明亮的星！我是否可以像你那样坚定——
但是我不想一个人高挂夜空，闪耀着微光，
还一直睁着无辜的眼睛，
像宇宙间不眠不休的勇士，
望着奔流不息的波涛，在上天的支派下
用圣水冲洗人所卜居的岸沿，
或者注视飘飞的白雪，看它像天地间的面纱，
灿烂、轻盈，飘荡在洼地和高山上——
呵，不，——我只愿坚定不移地
将头颅放在爱人的胸膛上，
感受它舒缓的起伏，直到天长地久；
每当醒来，心中激荡着幸福的甜蜜，
不断，不断听着她细腻的呼气和吸气，
就这样活着，——或沉迷地死去。

作者简介

约翰·济慈（1795—1821），英国杰出的诗人、作家，欧洲浪漫主义运动的杰出代表。济慈父母早逝，青少年时期的生活较为坎坷，但生活的苦难没有掩盖他的才华。1811 年，济慈开始专心写作诗歌，1817 年，出版了第一部诗集，并引起了巨大的争议。1818 年到 1820 年，济慈的诗歌创作达到顶峰，创作了一系列诸如《夜莺颂》之类的名篇。1821 年，济慈因病逝于意大利，年仅 25 岁。

朗读指导

济慈一生极其短暂，但是留下的诗篇誉满人间，他的才气与同时期的雪莱、拜伦齐名。《明亮的星》是济慈写给女友范尼·布莱恩（Fanny Brawne）的一首情诗。诗人用“星星”“海水”“雪花”等意象，与“爱情”“死亡”“永恒”融会在了一起，表达了作者关于爱情与死亡的思考。也许太过纯粹的事物常常会经不起世俗的周折，诗人的恋情犹如他的生命一般，美丽短暂。

济慈擅长景物和自然现象的描写，将情感与自然相结合，给人以身临其境之感。我们在字里行间总能轻而易举地感受到诗人身上的“真、善、美”，细细读来，诗句给人以“窒息”的美感。我们可以在诗人细腻的笔触下寻找自己的一丝丝影子。每读一次，你都会发现诗人有一种引领的力量，让你和爱人发现生活的美，带你寻找本真的善。

亲爱的，让我们坐一起……

叶赛宁

这是秋天的金子，
还有那绺灰白的头发——
都出现了，像拯救
一个胡闹的二流子。

我早就扔下了我的家，
那里的草原和森林里满是盛开的鲜花。
在城市的痛苦的繁荣里，
我挨过无聊痛苦的时光。

我想让我的一颗心
认真地回忆花园和夏天，
在那青蛙奏响的乐曲中，
我让自己变成了一个诗人。

那里现在已经是秋天吧……
种在窗前的枫树和菩提
顺着岁月慢慢伸展枝丫，
寻找着记忆中童年的模样。

它们早已不在人间了，
简单的坟茔上挂着月亮

用月亮的光线勾勒出十字架的模样，
我们终将要到那里去造访。

我们一路走来，饱经沧桑
将重新沿着旧时的房屋散步，
愿那时所有曲折起伏的道路，
都只给在世的人流出欢乐和美酒。

亲爱的，让我们坐一起，
你看着我，我看着你，看个饱儿，
即使在短暂的一瞥中
我也能听到情感掀起的风暴。

作者简介

谢尔盖·亚历山德罗维奇·叶赛宁（1895—1925），俄国田园派诗人，被称为“一个最纯粹的俄罗斯诗人”。1915年，叶赛宁出版了第一部诗集《亡灵节》。叶赛宁一生有三次婚姻，每次都以失败而告终。1924—1925年，是诗人的创作高峰期，他的很多作品都是在这两年完成的。1925年12月26

日，诗人用血写下了绝命诗；12 月 28 日，在列宁格勒的一家旅馆投缳自尽。

朗读指导

《亲爱的，让我们坐一起……》是诗人 1923 年创作的一首诗篇。整部诗充盈着满满的回忆和期待。“你看着我，我看着你，看个饱儿”，多么动人的句子，让人情不自禁地想和自己的爱人相视一笑。诗人说，“即使在智暂的一瞥中，我也能听到情感掀起的风暴”，这是多么深刻的爱恋。

这首诗的开头与结尾是相呼应着的，整首诗在现实和回忆中来回跳跃，表达一种怅然若失的感觉。找一个安静的午后，拉上心爱的人，深情地读给他听，一起回忆往昔，畅想未来，何其美哉！别忘了，好好地凝视对方，在安静中感受彼此深藏心底的情意。

请再说一次我爱你

勃朗宁夫人

你说过了一次，请再对我说一次，
说，我爱你。
即使像这样一次次地重复，
你将它当成布谷鸟在唱歌，
记着，在那青山和绿野间，
在那山谷和绿林中，如果没有了这串布谷鸟的音节，
纵使清新的春天，

披着满身的绿装降临，
也不算完美无缺。
被深爱着，像被四周的黑暗包围，
难以揣测的心声，处于那痛苦的忐忑之中，
我大声叫道："再说一遍我爱你。"
没人会嫌弃星星太多，每颗星星都在星空中转动。
没人会嫌鲜花太多，每朵鲜花都盛满了春意。
说，你爱我、你爱我，
每一声都像是敲响的银钟，
请你一定要记住：默默地，用灵魂来爱我。

作者简介

伊丽莎白·巴雷特·勃朗宁（1806—1861），又称布朗宁夫人，英国维多利亚时代最受尊敬的诗人之一。伊丽莎白生于一个富裕的家庭，过着衣食无忧的童年，并从小博览群书，15岁时，意外坠马，摔伤了脊椎，从此下肢瘫痪，长达24年。39岁时，伊丽莎白认识了她的丈夫罗伯特·勃朗宁，在爱情的力量之下，伊丽莎白神奇般地重新站了起来，打开了生命的新篇章。她的代表作《诗集》是她爱情生活的真实写照，是英国文学史上的瑰宝。

朗读指导

《请再说一次我爱你》是作者爱情的自白书。这篇诗歌收录于勃朗宁夫人1850年出版的《诗集》中，是她最有代表性的十四行诗之一。这首诗生动地展示了勃朗宁夫人在丈夫爱的呼唤下开始新生活的状态。一遍遍“我爱你”鼓励、呵护着伊丽莎白敏感的心，就像山间的布谷鸟一样，用希望的力量，回馈着真爱，迎接着心声。这首诗给人以集生命、灵魂与真心于一体的大爱，适合我们在任何时候大声地诵读出来。诗歌中一遍一遍的“你爱我”，使得读者在朗读的时候能够轻易地聚集内心的情感，给整篇诗歌赋予饱满的感情。我们读这首诗时，脑海中定会闪现出勃朗宁夫妇相亲相爱、形影不离的恩爱场面，愿这首诗给所有的爱人以最诚挚的祝福，像勃朗宁夫妇一样，用爱创造生命的奇迹。

先知（节选）

纪伯伦

当爱情向你招手时，

一定要追随它，即使一路上艰难辛苦；

当它用翅膀拥抱你时，请深深沉沦，即使它的羽翼的锋刃会割伤你的身体。

当它与你倾谈时，请将它当做真理，即使它会打破你的梦想，像被冬风扫荡过的花园，一片荒芜。

爱情会为你戴上王冠，也会将你钉于十字架之上；

它修剪你的人生，让你成长。

它会攀援而上，轻拂你颤抖着伸向阳光的最为稚嫩的枝条，

它也会俯拾而下，撼动你探向地心深处的根源。

它像玉米一样，将你集中束缚在它身上。

它鞭笞你的肉体，让你变得赤裸，

它锤炼你，使你脱离躯体得以升华。

它将你涤荡，直至你纯白无瑕。

它梳理你，直至你变得柔顺，再将你放入祭祀的圣坛中，

你会成为上帝圣餐中的面包，他的血与肉。

这些都是爱情对你所做的一切，让你知道自己内心的奥秘，

而这也将是塑造你人生的重要碎片。

如果你在恐惧之中，你才会寻觅到爱情的平和与愉悦，

那么，你最好掩藏真实的自我，避开爱情的试炼之所，

步入没有时令的世界，在那个世界中，即使欢笑，也无法开怀；即使哭泣，也无法流尽心中的泪水。

爱情只给人以爱情，它离开的时候，也只带走爱情，

爱情一无所有，但是它从不为人所征服，

因为对于爱情，爱已足够。

作者简介

纪·哈·纪伯伦（1883—1931），美籍黎巴嫩作家。纪伯伦是阿拉伯文学的主要奠基人，被称为“艺术天才”“黎巴嫩文坛骄子”。纪伯伦的诗歌与泰戈尔齐名，在东方文学史上有非常重要的地位。与此同时，他的绘画造诣极高，曾以写文、卖画为生。爱与美是纪伯伦作品的主旋律，文学与绘画是他艺术生命的双翼。他的《先知》《沙与沫》《泪与笑》等散文诗，以其深邃的哲理和隽永的韵致驰誉文坛，是世界现代诗歌中的经典之作。

朗读指导

在纪伯伦的所有散文诗中，《先知》被认为是“顶峰之作”，本篇是《先知》的摘选，以论爱情为主题。作者借先知之口，告诫我们当爱情来了该如何对待爱情。纪伯伦用他的智慧和文字为读者朋友娓娓道来，就像一个饱经沧桑的老人，用平静中略带悲凉的语调，给我们讲述为人处世的哲理。

爱情来了，我们要做些什么？爱情走了，我们又该怎么办？静静地把这一篇诗文读完，反复地吟诵，诗人要告诉我们的人生哲理自会慢慢显现。这是一首值得每一个人来回诵读的篇章！你可以慷慨激昂地为你的爱人读起它：在爱情的旅途中，我们难免会有迷茫的时刻，而这篇诗文或许让我们在迷途中找到前进的方向，在犹豫中寻到当初坚持的理由。

第四辑

CHAPTER 4

爱是一生难以磨灭的印记

偶然

徐志摩

我是天空里的一片云，
偶尔投影在你的波心——
你不必讶异，
更无须欢喜——
在转瞬间消灭了踪影。

你我相逢在黑夜的海上，
你有你的，我有我的，方向；
你记得也好，
最好你忘掉，
在这交会时互放的光亮！

朗读指导

这首《偶然》在徐志摩的创作历程里，被认为是他诗歌前、后时期的分水岭。著名诗人卞之琳评价它："这首诗在作者诗中是在形式上最完美的一首。"确实，这首诗颇能展现徐志摩的诗歌创作功力，上下节的格律对称，抽象和具体之间充满张力。徐志摩用两个具体的事情来表达"偶然"这种抽象的意境：一是天空里的云偶尔投影在波心，二是"你""我"的相逢。

这首诗给人塑造一种云高水清的优美意境，非常适合两人回忆青春时朗读，诗句雅致悠扬，韵律委婉顿挫，有一种珠圆玉润之感。人生漫漫，谁和谁都可能会偶然交会，无论几多美好，无论曾经沧桑，也许注定只是偶然，永无重逢，只有陪伴身边的爱人，是偶然中的一个例外，成为长在波心的荷花。

微神（节选）

老舍

一想就到了月季花下，或也许因为怕听我自己的足音？月季花对于我是有些端阳前后的暗示，我希望在哪儿贴着张深黄纸，印着个朱红的判官，在两束香艾的中间。没有。只在我心中听见了声“樱桃”的吆喝。这个地方是太静了。

小房子的门闭着，窗上门上都挡着牙白的帘儿，并没有花影，因为阳光不足。里边什么动静也没有，好象它是寂寞的发源地。轻轻地推开门，静寂与整洁双双地欢迎我进去，是欢迎我；室中的一切是“人”的，假如外面景物是“鬼”的——希望我没用上过于强烈的字。

一大间，用幔帐截成一大一小的两间。幔帐也是牙白的，上面绣着些小蝴蝶。外间只有一条长案，一个小椭圆桌儿，一把椅子，全是暗草色的，没有油饰过。椅上的小垫是浅绿的，桌上有几本书。案上有一盆小松，两方古铜镜，锈色比小松浅些。内间有一个小床，罩着一块快垂到地上的绿毯。床首悬着一个小篮，有些快干的茉莉花。地上铺着一块长方的蒲垫，垫的旁边放着一双绣白花的小绿拖鞋。

我的心跳起来了！我决不是入了复杂而光灿的诗境；平淡

朴美是此处的音调，也不是幻景，因为我认识那只绣着白花的小绿拖鞋。

爱情的故事往往是平凡的，正如春雨秋霜那样平凡。可是平凡的人们偏爱在这些平凡的事中找些诗意；那么，想必是世界上多数的事物是更缺乏色彩的；可怜的人们！希望我的故事也有些应有的趣味吧。

没有象那一回那么美的了。我说“那一回”，因为在那一天那一会儿的一切都是美的。她家中的那株海棠花正开成一个大粉白的雪球；沿墙的细竹刚拔出新笋；天上一片娇晴；她的父母都没在家；大白猫在花下酣睡。听见我来了，她象燕儿似的从帘下飞出来；没顾得换鞋，脚下一双小绿拖鞋象两片嫩绿的叶儿。她喜欢得象清早的阳光，腮上的两片苹果比往常红着许多倍，似乎有两颗香红的心在脸上开了两个小井，溢着红润的胭脂泉。那时她还梳着长黑辫。

她父母在家的时候，她只能隔着窗儿望我一望，或是设法在我走去的时节，和我笑一笑。这一次，她就象一个小猫遇上了个好玩的伴儿；我一向不晓得她“能”这样的活泼。在一同往屋中走的工夫，她的肩挨上了我的。我们都才十七岁。我们都没说什么，可是四只眼彼此告诉我们是欣喜到万分。我最爱看她家壁上那张工笔百鸟朝凤；这次，我的眼匀不出工夫来。我看着那双小绿拖鞋；她往后收了收脚，连耳根儿都有点红了；可是仍然笑着。我想问她的功课，没问；想问新生的小猫有全白的没有，没问；心中的问题多了，只是口被一种什么力量给封起来，我知道她也是如此，因为看见她的白润的脖儿直微微地动，似乎要将些不相干的言语咽下去，而真值得一说的又不好意思说。

她在临窗的一个小红木凳上坐着，海棠花影在她半个脸上微动。有时候她微向窗外看看，大概是怕有人进来。及至看清了没人，她脸上的花影都被欢悦给浸渍得红艳了。她的两手交换着轻轻地摸小凳的沿，显着不耐烦，可是欢喜的不耐烦。最后，她深深地看了我一眼，极不愿意而又不得不说地说，“走吧！”我自己已忘了自己，只看见，不是听见，两个什么字由她的口中出来？可是在心的深处猜对那两个字的意思，因为我也有点那样的关切。我的心不愿动，我的脑知道非走不可。我的眼盯住了她的。她要低头，还没低下去，便又勇敢地抬起来，故意地，不怕地，羞而不肯羞地，迎着我的眼。直到不约而同地垂下头去，又不约而同地抬起来，又那么看。心似乎已碰着心。

我走，极慢的，她送我到帘外，眼上蒙了一层露水。我走到二门，回了回头，她已赶到海棠花下。我象一个羽毛似的飘荡出去。

以后，再没有这种机会。

作者简介

老舍（1899—1966），原名舒庆春，字舍予，中国现代著名文学家、语言大师，新中国第一位获得“人民艺术家”称号的作家。

除了文学创作，老舍还花费大量的精力在文学普及和曲艺改造方面，将文学作品和民间曲艺推广到普通大众之中。1966年8月24日，因不堪忍受攻击和迫害，老舍自沉于北京太平湖。

朗读指导

《微神》是老舍最得意的一篇短篇作品，也是他唯一一部爱情小说。小说描写的是主人公“我”和“她”的初恋故事，全篇没有出现主人公的名字，却给人意境朦胧、情怀激荡之感，读到情深处令人潸然泪下。虽然这并不是作者真实生活的映照，但确实可以窥探到作者的一点点情感秘密，品读出老舍先生关于爱情的思考。小说虽然以“一死一生”结尾，但是开头极美，整篇文章交织着现实的光彩和梦境的美幻。

这篇小短文如散文诗一般美丽，任谁读来都不会有太大的难度，我们可以放心大胆地读下去。在涩涩的初恋回忆中，作者用他的文字与技巧，把一个平凡的爱情故事写得别具韵味。假若选一个淅淅沥沥的雨日，捧起老舍的这部作品，与爱人慢慢地轻声吟诵，任书声、雨声、两人的心声萦绕屋梁，何其美哉！

伤逝（节选）

鲁迅

“我是我自己的，他们谁也没有干涉我的权利！”

这是我们交际了半年，又谈起她在这里的胞叔和在家的父亲时，她默想了一会之后，分明地，坚决地，沉静地说了出来的话。其时是我已经说尽了我的意见，我的身世，我的缺点，很少隐瞒；她也完全了解的了。这几句话很震动了我的灵魂，此后许多天还在耳中发响，而且说不出的狂喜，知道中国女性，并不如厌世家所说那样的无法可施，在不远的将来，便要看见辉煌的曙色的。

送她出门，照例是相离十多步远；照例是那鲇鱼须的老东西的脸又紧帖在脏的窗玻璃上了，连鼻尖都挤成一个小平面；到外院，照例又是明晃晃的玻璃窗里的那小东西的脸，加厚的雪花膏。她目不邪视地骄傲地走了，没有看见；我骄傲地回来。

“我是我自己的，他们谁也没有干涉我的权利！”这彻底的思想就在她的脑里，比我还透澈，坚强得多。半瓶雪花膏和鼻尖的小平面，于她能算什么东西呢？我已经记不清那时怎样地将我的纯真热烈的爱表示给她。岂但现在,那时的事后便已模胡，夜间回想，早只剩了一些断片了；同居以后一两月，便连这些断片也化作无可追踪的梦影。我只记得那时以前的十几天，曾经很仔细地研究过表示的态度，排列过措辞的先后，以及倘或遭了拒绝以后的情形。可是临时似乎都无用，在慌张中，身不由己地竟用了在电影上见过的方法了。后来一想到，就使我很愧恧，但在记忆上却偏只有这一点永远留遗，至今还如暗室的孤灯一般，照见我含泪握着她的手，一条腿跪了下去……

作者简介

鲁迅（1881—1936），著名的文学家、思想家、革命家，五四新文化运动的重要参与者，中国现代文学的奠基人之一。“鲁迅”是他1918年发表《狂人日记》时所用的笔名。他在文学创作、文学批评、思想研究、文学史研究等多个领域有重大贡献。鲁迅堪称现代中国的民族魂，他的精神深刻影响了中国近代历史的进程。

朗读指导

《伤逝》是鲁迅1925年创作的一部爱情短篇小说，深刻地反映了“五四”时期知识分子的命运。小说以主人公涓生内心独白的方式，讲述了他和子君不惧封建势力，冲破旧势力的重重障碍，争取婚姻自由的故事，抗争最后归于失败，爱情以一“伤”一“逝”告终。小说反映了大时代背景下个人和社会的冲突：个人的解放是不被那个不合理的社会所允许的。我们可以代入男主人公的角色，随着情节的推进，由欣喜到失落再到新生，饱含感情地去朗读。

影

于赓虞

看，那秋叶在明媚的星月下正飘零，
与你邂逅相逢于此残秋荒岸之夜中，
星月分外明，忽聚忽散的云影百媚生。

看，那秋叶在明媚的星月下正飘零，
我沦落海底之苦心在此寂寂的夜茔，
将随你久别的微笑从此欢快而光明。

苍空孤雁的生命深葬于孤泣之荒冢，
美丽的蔷薇开而后谢，残凋而复生，
告诉我，好人，什么才象是人的生命？

这依恋的故地将从荒冬回复青春，
海水与云影自原始以来即依依伴从，
告诉我，好人，什么才象是人的生命？

夜已深，霜雾透湿了我的外衣，你的青裙，

紧紧的相依，紧紧的相握，沉默，宁静，
仰首看孤月寂明，低头看苍波互拥。

夜已深，霜雾透湿了我的外衣，你的青裙，
寂迷中古寺的晚钟惊醒了不灭的爱情，
山海寂寂，你的影，我的影模糊不分明……

作者简介

于赓虞（1902—1963），名舜卿，字赓虞，著名诗人、翻译家。1923年，于赓虞与焦菊隐等人成立新文学社团“绿波社”。1935年，赴伦敦研究欧洲文学史。1937年担任河南大学文史系副教授。代表作有诗集《骷髅上的蔷薇》《孤独》等，翻译作品《神曲》《世界文学史》等。

朗读指导

于赓虞20世纪中期活跃于中国诗坛，是一个比较独特的诗人，他被称为“恶魔”诗人。于赓虞曾翻译过雪莱、裴多菲、华兹华斯、波德莱尔和但丁的作品，所以他的诗歌理论备受这些诗人的影响。

华兹华斯的沉思观对于赓虞的影响很大，他认为“一切好诗都是强烈感情的自然流溢”，完全领会了华兹华斯的诗歌理论，认为情感的流溢需要安静的沉思后，才能变成沉淀的诗句。他对诗歌的要求极高，发表之前要多加修饰，所以他的诗歌很多都未能与读者见面，有的甚至失传。

“寂迷中古寺的晚钟惊醒了不灭的爱情，山海寂寂，你的影，我的影模糊不分明……”在这个秋夜，诗人跟穿着青裙的爱人漫步，看月亮和秋夜，追问生命的意义。这首诗适合与爱人月夜相拥在窗前，对着夜色轻轻朗读。朗读时，要饱含深情，声调或高亢，或低沉。

啼笑因缘（节选）

张恨水

原来那妻子有一大段道白，有一句是“你们就对着这红烛磕三个头”，这正是《能仁寺》十三妹的一段。家树一听，忽然记起那晚听戏的事，不觉一笑道：“密斯何，你好记性！”何丽娜关了话匣子站到家树面前，笑道：“你的记性也不坏……”只这一句，啪的一声窗户大开，却有一束鲜花，由外面抛了进来。家树走上前，捡起来一看，花上有一个小红绸条，上面写了一行字道：“关秀姑鞠躬敬贺。”连忙向窗外看时，大雪初停，月亮照在积雪上，白茫茫一起乾坤，皓洁无痕，哪里有什么人影？家树忽然心里一动，觉得万分对秀姑不住，一时万感交集，猛然的坠下几点泪来。

何丽娜因窗子开了，吹进一丝寒风，将烛光吹得闪了两闪，连忙将窗子关了，随手接过那一束花来。家树手上却抽下了一支白色的菊花拿着，兀自背着灯光，向窗子立着。何丽娜将花上的绸条看了一看，笑道：“你瞧，关家大姑娘，给我们开这大的玩笑！”家树依然背立着，并不言语。何丽娜道：“她这样来去如飞的人，哪里会让你看到，你还呆望了做什么？”家树道：“眼睛里面，吹了两粒沙子进去了。”说着，用手绢擦了眼睛，回转头来。何丽娜一想，到处都让雪盖着，哪里来的风沙？笑道：“眼睛和爱情一样，里面掺不得一粒沙子的。你说是不是？”说着，眉毛一扬，两个酒窝儿一旋，望了家树。

家树呆呆的站着，左手拿了那支菊花，右手用大拇指食指，只管拈那花干儿。半晌，微微笑了一笑。

正是：

毕竟人间色相空，

伯劳燕子各西东。

可怜无限难言隐，

只在捻花一笑中。

然而何丽娜哪里会知道这一笑命意的曲折，就一伸手，将紫色的窗幔，掩了玻璃窗，免得家树再向外看。那屋里的灯光，将一双人影，便照着印在紫幔上。窗外天上那一轮寒月，冷清清的，孤单单的，在这样冰天雪地中，照到这样春飘荡漾的屋子，有这风光旖旎的双影，也未免含着羡慕的微笑哩。

作者简介

张恨水（1895—1967），原名心远，中国现代著名作家。“恨水”取南唐李煜词《相见欢》“自是人生长恨水长东”之意。张恨水擅长章回小说，并将中国传统的章回体小说与西洋小说的新技法融为一体。张恨水一生创作了120多部小说和大量散文、诗词、游记等，共近4000万字，现代作家中无出其右者。他不仅是当时最多产的作家，也是作品最畅销的作家，素有“中国大仲马”“民国第一写手”之称。

朗读指导

《啼笑因缘》是张恨水先生的代表作品，1931 年单行本首次发行，甫一出版，便引起了轰动。不仅引起了读者的追捧，还在文艺界引发了一场关于“《啼笑因缘》为何如此畅销”的讨论。这部章回小说，共 22 章，围绕着男主人公樊家树和沈凤喜、何丽娜、关秀姑三位女子的恋爱纠葛而展开。

“毕竟人间色相空，伯劳燕子各西东。可怜无限难言隐，只在捻花一笑中。”道尽了多少痴男怨女的难言之隐。世事无奈，各奔东西，只留得拈花一笑。小说读来是酣畅淋漓的，作者井井有条的布局和完美细节的构想，让整篇小说熠熠生辉。虽然小说是老式的故事，老式的话语，却有着不老的精神。在闲暇之时，随便读上一段，都会把你深深吸引，让你不忍停下。

荼蘼

许地山

我常得着男子送给我的东西，总没有当它们做宝贝看。我的朋友师松却不如此，因为她从不曾受过男子的赠与。

自鸣钟敲过四下以后，山上礼拜寺的聚会就完了。男男女女像出圈的羊，争要下到山坡觅食一般。那边有一个男学生跟着我们走，他的正名字我忘记了，我只记得人家都叫他做“宗之”。他手里拿着一枝荼蘼，且行且嗅。荼蘼本不是香花，他嗅着，不过是一种无聊举动便了。

“松姑娘，这枝荼蘼送给你。”他在我们后面嚷着。松姑娘回头看见他满脸堆着笑容递着那话，就速速伸手去接。她接着说：“很多谢，很多谢。”宗之只笑着点点头，随即从西边的山径转回家去。

“他给我这个，是什么意思？”

“你想他有什么意思，他就有什么意思。”我这样回答她。走不多远，我们也分途各自家去了。

她自下午到晚上不歇把弄那枝荼蘼。那花像有极大的魔力，不让她撒手一样。她要放下时，每觉得花儿对她说：“为什么离夺我？我不是从宗之手里递给你，交你照管的吗？”

呀，宗之的眼、鼻、口、齿、手、足、动作，没有一件不在花心跳跃着，没有一件不在她眼前的花枝显现出来！她心里说："你这美男子，为甚缘故送我这花儿？"她又想起那天经坛上的讲章，就自己回答说："因为他顾念他使女的卑微，从今而后，万代要称我为有福。"

这是她爱荼蘼花，还是宗之爱她呢？我也说不清，只记得有一天我和宗之正坐在榕树根谈话的时候，他家的人跑来对他说："松姑娘吃了一朵什么花，说是你给她的，现在病了。她家的人要找你去问话啊。"

他吓了一跳，也摸不着头脑，只说："我哪时节给她东西吃？这真是……！"

我说："你细想一想。"他怎么也想不起来。我才提醒他说："你前个月在斜道上不是给了她一朵荼蘼吗？"

"对呀，可不是给了她一朵荼蘼！可是我哪里教她吃了呢？"

"为什么你单给她，不给别人？"我这样问。

他很直接地说："我并没有什么意思，不过随手摘下，随手送给别人就是了。我平素送了许多东西给人，也没有什么事；怎么一朵小小的荼蘼就可使她着魔了？"

他还坐在那里沉吟，我便促他说："你还能在这里坐着吗？不管她是误会，你是有意，你既然给了她，现在就得去看她一看才是。"

"我哪有什么意思？"

我说："你且去看看罢。蚌蛤何尝立志要生珠子呢？也不过是外间的沙粒偶然渗入它的壳里，它就不得不用尽功夫分泌些黏液把那小沙裹起来罢了。你虽无心，可是你的花一到她手里，管保她不因花而爱起你来吗？你敢保她不把那花当作你所赐给爱的标志，就纳入她的怀中，用心里无限情思把它围绕得非常严密吗？也许她本无心，但因你那美意的沙无意中掉在她爱的贝壳里，使她不得不如此。不用踌躇了，且去看看罢。"

宗之这才站起来，皱一皱他那副冷静的脸庞，跟着来人从林菁的深处走出去了。

作者简介

许地山（1894—1941），祖籍广东揭阳，生于台湾，名赞堃，字地山，笔名落花生，中国现代著名作家，"五四"时期新文学运动先驱者之一，20世纪20年代问题小说的代表人物之一。许地山一生创作的文学作品多以闽、台、粤和东南亚、印度为背景，在梵文、宗教方面研究颇深。

朗读指导

《茶靡》是许地山散文集《空山灵雨》中的一篇。读许地山的散文，就像读一本哲学书，其中的玄理与哲学比比皆是。作者一方面发自内心地赞美着"死亡"，另一方面又饱含热情地歌颂着"生命"，给读者奇异的情感共鸣。《荼蘼》围绕着“一朵荼蘼”展开，男生无意的一次赠送，女生便当成了某种爱的暗示，甚至有了相思的困扰。作者短短的千余字便把女生的心理活动展现得淋漓尽致，处处折射着作者丰富复杂的精神世界。

许地山的文字略带点儿半白话，读来十分有回味，处处透着一种繁复之美。相比现代文，在朗读的过程中，我们大概会有些许的不惯，不要着急，放慢速度，细细品味，一缕缕的古风和佛理便会悄然浮现。这种玄理的精髓已经融入了作者的文字，处处游刃有余，随时信手拈来，让我们读着读着，便有一种如沐春风的感觉。

傅雷家书（节选）

傅雷

亲爱的孩子，八月二十日报告的喜讯使我们心中说不出的欢喜和兴奋。你在人生的旅途中踏上一个新的阶段，开始负起新的责任来，我们要祝贺你，祝福你，鼓励你。希望你拿出像对待音乐艺术一样的毅力、信心、虔诚，来学习人生艺术中最高深的一课。但愿你将来在这一门艺术中得到像你在音乐艺术中一样的成功！发生什么疑难或苦闷，随时向一二个正直而有经验的中、老年人讨教，（你在伦敦已有一年八个月，也该有这样的老成的朋友吧？）深思熟虑，然后决定，切勿单凭一时冲动：只要你能做到这几点，我们也就放心了。

对终身伴侣的要求，正如对人生一切的要求一样不能太苛。事情总有正反两面：追得你太迫切了，你觉得负担重；追得不紧了，又觉得不够热烈。温柔的人有时会显得懦弱，刚强了又近乎专制。幻想多了未免不切实际，能干的管家太太又觉得俗气。只有长处没有短处的人在哪儿呢？世界上究竟有没有十全十美的人或事物呢？抚躬自问，自己又完美到什么程度呢？这一类的问题想必你考虑过不止一次。我觉得最主要的还是本质的善良，天性的温厚，开阔的胸襟。有了这三样，其他都可以逐渐培养；

而且有了这三样，将来即使遇到大大小小的风波也不致变成悲剧。做艺术家的妻子比做任何人的妻子都难；你要不预先明白这一点，即使你知道“责人太严，责己太宽”，也不容易学会明哲、体贴、容忍。只要能代你解决生活琐事，同时对你的事业感到兴趣就行，对学问的钻研等等暂时不必期望过奢，还得看你们婚后的生活如何。眼前双方先学习相互的尊重、谅解、宽容。

对方把你作为她整个的世界固然很危险，但也很宝贵！你既已发觉，一定会慢慢点醒她；最好旁敲侧击而勿正面提出，还要使她感到那是为了维护她的人格独立，扩大她的世界观。倘若你已经想到奥里维的故事，不妨就把那部书叫她细读一二遍，特别要她注意那一段插曲。像雅葛丽纳那样只知道 love，love，love！（爱，爱，爱！）的人只是童话中人物，在现实世界中非但得不到 love，连日子都会过不下去，因为她除了 love 一无所知，一无所有，一无所爱。这样狭窄的天地哪像一个天地！这样片面的人生观哪会得到幸福！无论男女，只有把兴趣集中在事业上，学问上，艺术上，尽量抛开渺小的自我（ego），才有快活的可能，才觉得活的有意义。未经世事的少女往往会在一个荒诞的梦想，以为恋爱时期的感情的高潮也能在婚后维持下去。这是违反自然规律的妄想。古语说，“君子之交淡如水”；又有一句话说，“夫妇相敬如宾”。可见只有平静、含蓄、温和的感情方能持久；另外一句的意义是说，夫妇到后来完全是一种知己朋友的关系，也即是我们所谓的终身伴侣。未婚之前双方能深切领会到这一点，就为将来打定了最可靠的基础，免除了多少不必要的误会与痛苦。

你是以艺术为生命的人，也是把真理、正义、人格等等看做高于一切的人，也是以工作为乐生的人；我用不着唠叨，想你早已把这些信念表白过，而且竭力灌输给对方的了。我只想提醒你几点：——第一，世界上最有力的论证莫如实际行动，最有效的教育莫如以身作则；自己做不到的事千万勿要求别人；自己也要犯的毛病先批评自己，先改自己的。——第二，永远不要忘了我教育你的时候犯的许多过严的毛病，我过去的错误要是能使你避免同样的错误，我的罪过也可以减轻几分；你受过的痛苦不再施之于他人，你也不算白白吃苦。总的来说，尽管指点别人，可不要给人“好为人师”的感觉。奥诺丽纳（你还记得巴尔扎克那个中篇吗？）的不幸一大半是咎由自取，一小部分也因为丈夫教育她的态度伤了她的自尊心。凡是童年不快乐的人都特别脆弱（也有训练得格外坚强的，但只是少数），特别敏感，你回想一下自己，就会知道对付你的爱人要如何 delicate（温柔），如何 discreet（谨慎）了。

我相信你对爱情问题看得比以前更郑重更严肃了；就在这考验时期，希望你更加用严肃的态度对待一切，尤其要对婚后的责任先培养一种忠诚、庄严、虔敬的心情！

作者简介

傅雷（1908—1966），字怒安，号怒庵，我国著名的作家、翻译家，中国民主促进会（民进）的重要缔造者之一。傅雷早年留学法国巴黎大学，一生翻译了大量的法文作品，深深地影响了几代人。傅雷由于在翻译巴尔扎克作品方面的贡献，被法国巴尔扎克研究会吸收为了会员。傅雷为人坦荡、秉性刚毅。1966 年 9 月 3 日，与夫人双双自缢身亡，悲壮地走完了一生。

朗读指导

《傅雷家书》是傅雷先生写给儿子傅聪、儿媳弥拉的家信。这些信从 1954 年傅聪留学波兰开始，一直到 1966 年傅雷逝世。数百封书信贯穿着傅聪的出国学习、演奏成名、娶妻生子的成长过程，也映照了傅雷自己的翻译工作、朋友交往、命运起伏。《傅雷家书》最早出版于 1981 年，是当时轰动性的文化事件，至今畅销不衰。

这是一本在任何场景下都可以开始阅读的图书，适合所有的年龄层。傅雷先生的每一封家信都充溢着一个父亲对儿子浓浓的爱与教诲，苦心孤诣，事无巨细，娓娓道来。假若有这样一位博学慈爱的长者在自己的人生中指导着自己的成长，是一件何其荣耀与幸运的事情。赶紧翻开这本特殊的小书吧，用饱含慈爱的语气朗读它，你一定会有一种相见恨晚的感觉。跟爱人一起朗读，感受穿越时光的爱的叮咛，领略文学大家对爱的诠释。

生命与爱

靳以

我抬起眼来，无数的雪白的云朵向上飞翔，我细心观望，原来是浴着朝阳的鸽群，愉悦地飞向蓝天的阔胸。

那边，和天摩挲的大树的高枝，正有小鸟快乐地叫跳着，一头小松鼠，钻到尖顶，扬着鼻子望过那一片无垠的湛蓝，便迅速地沿着树干奔下来了。那树还缠绕着青青的藤蔓，开着小蓝花，在空隙的所在还有像安放在那里的小圆菌。美丽而骄傲的牵牛，从黑夜的磨难中过来，满心都是泪，迎着初起的太阳。小草顶着一滴露水，一星光辉，昂着它们的头。土地都微微地动着，原来那下边还有不被看到的想翻到地面上来……

呵，生命是无所不在的，爱也无所不在。

我有生命，我也有爱。我有旺盛的生命，我有固执的爱情。我用我的爱情，滋育我的生命的树，使它在大地间矗立，不怕大风雨的摇撼。让它满身流着血，全是伤，只要它能托住天的一角，不使荫蔽在它下面的蒙受些微的损伤。为了他人的生命，我要生命；为了他人的爱情，我要爱情。爱使生命丰富，爱使一个生命联起又一个生命，为什么太阳从早到晚用殷切的眼热望着受难的大地？为什么绕着太阳的月亮以它的光为光转照着人间？为什么潮水如约汹涌地奔向海岸？在岩石间留下它的话语？为什么星星和流萤相互地眨着眼睛？为什么人能忘了自己？用发亮的眼睛凝望，随时都有可以奉献的生命？就是自己的生命不在，欣喜地看着他人享受生命。是这爱情使天地广大，是这爱情使日夜分明，是这爱情拯救了受难的人群，是这爱情使一颗心成为万颗心——一人的生命联起万人的生命。

如果生命没有爱情，太阳不顾恋地远去了，月亮不再有光；海水枯了，不再有波浪；土地把树掷出去，星星也四散消逝了，流萤跌在地上。人们互相恨着，像鸵鸟一样钻到岩穴里，等待着死亡。不，不，我想没有一个人甘心世界这样达到它的末日，不是为自己不到百年的生存，是为了那必须继续下去的，永不灭亡的人群。我歌颂生命，我歌颂使生命常青的爱情。我爱自己的生命，我更爱别人的生命。我不因为我那困苦的生命就加以诅咒，我用爱来洗净它的困苦，我用爱使别人的生命丰富，使别人享受他们生命的内容。

让我们同声歌唱吧，让我们同声欢呼吧，当着我的力量还没有失去，我的爱情还浓重，我的生命还坚壮的时候，让我的歌使太阳对大地更亲切，星月更明亮，涛声做为我的低音，萤火是照亮了我的曲谱的微光。人们不再只是无助地互望，用他们有力的臂膀，尽情地拥抱，都有了生命，都有了爱，得到了宇宙的大和谐。如果我的生命不在，就把我的爱在人间留下来。

作者简介

靳以（1909—1959），现代著名作家，天津人，早年在天津南开中学读书，毕业于上海复旦大学。他的作品大多反映知识分子的生活，20世纪40年代，思想深受国民党破坏抗战影响，所以其作品中开始出现革命的倾向。新中国成立后，他积极投身于文化建设和政治活动中，一生共有各种著作30余部。1959年，靳以因心脏病发作逝世，享年50岁。

朗读指导

靳以的作品大多描写城市知识分子的生活，其中不少是对青年男女爱情故事的描写，所以，靳以对爱情的理解也就更宽泛。这篇文章是他对生命与爱关系的阐述，也是对爱情力量的讴歌。生命是无所不在的，爱也无所不在。没有爱情的生命，就像太阳离去、月亮无光、海洋枯竭……

这篇文章适合与爱人一起朗读，也适合两人给彼此朗读，每朗读一句，就越能认同作者所言非虚。这是一篇充满诗意的散文，文中的每一句都能当作诗句来欣赏。朗读时，语调平稳，语速正常，注意句与句之间的停顿。

邶风·击鼓

击鼓其镗，踊跃用兵。土国城漕，我独南行。
从孙子仲，平陈与宋。不我以归，忧心有忡。
爰居爰处？爰丧其马？于以求之？于林之下。
死生契阔，与子成说。执子之手，与子偕老。
于嗟阔兮，不我活兮。于嗟洵兮，不我信兮。

作品简介

本诗选自《诗经·国风》。《诗经》是我国最早的一部诗歌总集，收集了从西周初年至春秋中叶（前 11 世纪至前 6 世纪）的民歌和朝庙乐章，共收录 305 首古代诗歌。《诗经》分为“风”“雅”“颂”三部分。“风”是《诗经》中的精华，收录了 15 个地方的民歌。“雅”分大雅和小雅，用于宴会的典礼。“颂”是庙堂祭祀的乐歌。《诗经》的作者目前绝大部分已经无法考证，多为佚名。

朗读指导

这是《诗经》中一首典型的战争诗，主人公是一位常年征战异国的士兵，这首诗表达了他远征战场、不得归家的思乡之情。全诗共五章，每章四句。前三章描述了战士出征的情景，既有出征前的锣鼓喧天，又有出征时的忧心忡忡，如怨如慕、如泣如诉，坦露出自己对战争的抵触和厌倦。后两章既描写了出征战士间互相勉励、同生共死的战友情谊，又表达了自己对家乡爱人的思念。其中“死生契阔，与子成说。执子之手，与子偕老”一句最为有名，是经典的爱情颂语，恋人们用来表达自己的涓涓爱意，以及跟爱人相伴到老的愿望。

这是一首直抒胸臆的诗歌，非常适合大声地吟诵。无论你身处何地，无论你际遇如何，在吟诵的过程中，我们仿佛跨越两千多年，与浴血疆场的战士一起回味着那些甜蜜动人的爱情故事。

乐府诗集·上邪

上邪！我欲与君相知，长命无绝衰。

山无陵，江水为竭，

冬雷震震，夏雨雪，

天地合，乃敢与君绝！

作品简介

《乐府诗集》是继《诗经》之后，一部总括中国古代乐府歌辞的总集，由北宋郭茂倩所编。现存100卷，是现存收集乐府歌辞最完备的一部。《乐府诗集》是汉朝、魏晋、南北朝民歌精华所在，主要辑录5000多首乐府歌辞和民歌，反映了各个时期人们的生活。著名的民歌《木兰诗》便出于此。

朗读指导

这是一篇名垂千古的爱情佳作，被多少爱人引入自己的爱情誓言。这种爱情震撼天地，与日月争辉。这首诗用了五种违背自然现象的条件，作为“与君绝”的前提：没有山峰，河水干枯，冬天打雷，夏天下雪，天和地重归混沌。这些条件一个比一个奇特，一个比一个不可能发生，从而表达了诗人对爱情的至死不渝。

《乐府诗集》是中国文学长河中的一颗明珠，在岁月的沉淀下，愈发耀眼闪亮。这些诗歌的作者已不可考，但是它却成为全人类的财富，被保存下来。

这首诗独特的抒情方式，适合热恋中的人的绝对化心理。这首诗短小精悍，却是难得的短篇精品。

乐府·相和歌辞·白头吟

皑如山上雪，皎若云间月。
闻君有两意，故来相决绝。
今日斗酒会，明旦沟水头。
躞蹀御沟上，沟水东西流。
凄凄复凄凄，嫁娶不须啼。
愿得一心人，白首不相离。
竹竿何袅袅，鱼尾何簁簁。
男儿重意气，何用钱刀为。

作品简介

这是一首汉乐府民歌，相传是古代大才女卓文君的作品，但也有诸多争议，目前无法定论。

卓文君(前175—前121),原名文后,西汉临邛(属今四川邛崃)人，中国古代四大才女之一。她貌美、识乐、善文、敢爱敢恨。因与汉代著名文人司马相如的一段爱情佳话，她被后世所熟知。

朗读指导

《白头吟》塑造了一个性格爽朗、感情坚毅的女性形象，表达了作者对感情专一的爱情态度，对纯真爱情的渴望，以及对爱情中“始乱终弃”者的蔑视与谴责。因为《西京杂记》中有“司马相如将聘茂陵人女为妾，卓文君作《白头吟》以自绝的记载，所以此诗被认为是卓文君对自己爱情态度的宣誓。而全诗叙事与劝导相结合的叙述方式，也是其流传千年的一大特色。

乐府，是古代的音乐机关。乐府诗的韵律很强，非常适合吟诵，有些作品已被谱曲，成为朗朗上口的流行音乐。我们可以大声朗读这首《白头吟》，当我们读到“愿得一心人，白首不相离”这样动人的诗句，我们何愁感受不到爱情的悸动。在周末的下午，或者下班后的傍晚，拿起笔，抄写和吟诵这首诗，送给自己的爱人，定然情趣非凡。

古诗十九首·行行重行行

行行重行行，与君生别离。
相去万余里，各在天一涯。
道路阻且长，会面安可知?
胡马依北风，越鸟巢南枝。
相去日已远，衣带日已缓。
浮云蔽白日，游子不顾返。
思君令人老，岁月忽已晚。
弃捐勿复道，努力加餐饭。

作品简介

本诗是《古诗十九首》的第一首，是汉代的一首文人五言诗，具体的作者已经无据可考。《古诗十九首》是中国古代文人五言诗的选辑,是南朝的萧统从传世的无名氏古诗中选录十九首诗编入《文选》而成。《古诗十九首》是乐府古诗文人化的显著标志，深刻地再现了汉末文人在社会思想大转变时期对“幻灭”与“沉沦”的思考，表现了道家与儒家的哲学意境，刘勰称《古诗十九首》为“五言之冠冕”。

朗读指导

《行行重行行》描写了一位女子对离家远行丈夫的思念，是汉末时期动荡岁月中的相思离乱之歌。全诗可以分为两部分，第一部分着重描写了两人相隔路途之遥远，第二部分着重刻画了女主人公的相思之苦。开头两句的“行行重行行，与君生别离”是全诗的纲，总领下文。全诗结构严谨、层次分明、不迫不露、句意平远，表现出东方女性热恋相思时幽怨却矜持的心理特点。

全诗充满了淳朴清新的民歌风格，有着强烈的重叠节奏感，非常适合读者朋友们大声诵读。诗中或显或寓，或直或曲的表现手法，我们可以在诵读的过程中自然地领会。对于“情真、景真、事真、意真”的行文，读之必然能感同身受，被主人公真挚的爱情呼唤所感动。

钗头凤·红酥手

陆游

红酥手，黄縢酒。满城春色宫墙柳。
东风恶，欢情薄。一怀愁绪，几年离索。
错，错，错！

春如旧，人空瘦，泪痕红浥鲛绡透。
桃花落，闲池阁，山盟虽在，锦书难托。
莫，莫，莫！

作者简介

陆游（1125—1210），字务观，号放翁，越州山阴（今绍兴）人，南宋文学家、史学家、爱国诗人。陆游出生于两宋之交，成长在偏安一隅的南宋，社会的动荡、民族的矛盾、国家的不安深刻地影响着他的文学创作。陆游一生都在写作，在诗、词、文方面都有很高的成就，既有着李太白的奔放，又有着杜子美的沉郁。除此之外，陆游在历史研究方面也颇有造诣，他的《南唐书》“简核有法”，具有很高的史料价值。

朗读指导

《钗头凤·红酥手》是陆游的代表作品，描写了陆游与其原配唐琬的爱情故事。陆游与唐琬原本是恩爱夫妻，无奈陆母棒打鸳鸯，使其不得不分离。分别七年后的一个春日，作者在山阴城南禹迹寺附近的沈园，偶遇唐琬。此情此景之下，陆游心生诸多感触，所以乘着醉意吟赋出这首词，并信笔题于园壁之上。全词上半部分追忆往昔美满的爱情生活，下半部分感叹被迫离异的痛苦，短短的几十个字，将难以言状的怨恨愁苦和凄楚痴情表露无遗。

这是一首催人泪下的词作，极其适合青年朋友们小声默默地吟诵。徜徉在作者动人的字里行间，感念作者满满的眷恋与相思。

钗头凤·世情薄

唐琬

世情薄，人情恶，雨送黄昏花易落。
晓风干，泪痕残，欲笺心事，独语斜阑。
难，难，难！

人成各，今非昨，病魂常似秋千索。
角声寒，夜阑珊，怕人寻问，咽泪装欢。
瞒，瞒，瞒！

作者简介

唐琬（也作唐婉），字蕙仙。著名诗人陆游的妻子，文静灵秀，才华横溢，是经常被人们提起的古代才女之一。陆家曾以一支精美无比的家传凤钗作信物，与唐家订亲。陆游十九岁时，与唐琬结为夫妻。据传唐琬与陆游举案齐眉，感情亲密，由此引起了陆游母亲的不满，认为唐琬把儿子的前程耽误殆尽，遂命陆游休了唐琬，另娶一位温顺本分的王氏女为妻。唐琬后来由家人做主嫁给了皇家后裔同郡士人赵士程。

朗读指导

《钗头凤·世情薄》是对陆游所作的《钗头凤·红酥手》一词的呼应。唐琬在沈园与陆游相遇后，回忆起与陆游的过往种种，愁怨难解，于是和了这首《钗头凤·世情薄》，将自己与陆游被迫分开后的种种心事，直抒胸臆，酣畅淋漓。本词写完后，唐琬郁郁寡欢，在悲伤中抑郁而亡。世道人情险恶万分，在唐琬看来，一条封建礼法就把她和陆游这对恩爱夫妻活活拆散。她满腹心事无处诉说，只能忍受这无奈和痛恨：既无法把握自己的命运，更没有表达自我的自由；长夜漫漫，无处话凄凉；欲诉痛苦，唯有强颜笑。

这是词人自怨自泣、独言独语的感情倾诉，适合轻轻吟诵，默默诵读。由于词中所有的情绪都来源于词人自己的悲惨遭遇和缠绵情感，所以读来字字伤情、句句含泪。

浪淘沙慢·梦觉透窗风一线

柳永

梦觉透窗风一线，寒灯吹息。那堪酒醒，又闻空阶，夜雨频滴。嗟因循、久作天涯客。负佳人、几许盟言，便忍把、从前欢会，陡顿翻成忧戚。

愁极，再三追思，洞房深处，几度饮散歌阑。香暖鸳鸯被，岂暂时疏散。费伊心力，殢云尤雨，有万般千种，相怜相惜。

恰到如今，天长漏永，无端自家疏隔。知何时、却拥秦云态？原低帏昵枕，轻轻细说与。江乡夜夜，数寒更思忆。

作者简介

柳永（约984—约1053），原名三变，北宋著名词人，婉约派代表人物，自称“奉旨填词柳三变”，后改名柳永，因排行第七，又称柳七。柳永是第一位对宋词进行全面革新的词人，也是两宋时期词坛上创作词调最多的词人。除此之外，柳永致力于创作慢词，《浪淘沙慢》便是慢词的代表作之一。这种全面的革新对宋词后来的发展有着深远的影响。

朗读指导

《浪淘沙慢·梦觉透窗风一线》是柳永创作的慢词。柳永将铺陈其事的赋法和俚词俗语移植于词的创作，将原本28字或54字体的《浪淘沙》，发展成为135字的长篇。本词分为三个部分，写尽了一位久羁他乡的浪子的忧郁。第一部分表达了作者夜半酒醒、身处异乡的悲戚，第二部分作者在追念过往的情事，第三部分则描述了作者当下不能与情人欢聚的苦闷。全篇铺叙刻画、情景交融、语言通俗、音律谐婉，人生的欢聚与离别尽显眼底。

这样一首忧郁的浪子悲歌，非常适合我们轻轻地、略带悲感地向着远方朗读，也许我们会边朗读边泪眼蒙眬呢。谁没有过相思之苦？谁没有过离别之痛？在这里，你将寻找到共鸣。

离思五首

元稹

其一

自爱残妆晓镜中，环钗漫篸绿丝丛。
须臾日射胭脂颊，一朵红苏旋欲融。

其二

山泉散漫绕街流，万树桃花映小楼。
闲读道书慵未起，水晶帘下看梳头。

其三

红罗著压逐时新，吉了花纱嫩麴尘。
第一莫嫌材地弱，些些纰缦最宜人。

其四

曾经沧海难为水，除却巫山不是云。
取次花丛懒回顾，半缘修道半缘君。

其五

寻常百种花齐发，偏摘梨花与白人。
今日江头两三树，可怜和叶度残春。

作者简介

元稹（779—831），字微之，别字威明，唐朝著名诗人，新乐府运动的倡导者。元稹年少成名，虽然一度官至宰相，却被人陷害，四度遭贬，死后追赠尚书右仆射。元稹以诗的创作成就最高，与白居易是莫逆之交，世称“元白”。留世有《元氏长庆集》。

朗读指导

《离思五首》写于唐宪宗元和四年（809年），是诗人为了追悼亡妻韦丛所作。802年，诗人与韦丛结为夫妻，出身高门的韦丛丝毫没有嫌弃元稹，两人相亲相爱、举案齐眉。可惜造化弄人，韦丛27岁时因病去世，诗人为此悲痛无比。这五首诗，便是诗人献给妻子的诗文，抒发了诗人对妻子忠贞不渝的爱情和刻骨不变的思念。

这五首诗运用巧比曲喻的手法，用水、云、花等物象比人，曲折委婉、意境深远。当我们朗读这几首诗时，会深切地感受到诗人对爱人的款款深情，被其中的“一往情深”深深感动。我们在任何时候读到这几首诗时，想必都会热泪盈眶。既被诗人的执着所感动，又因自己的“小爱”而惭愧。

木兰词·拟古决绝词柬友

纳兰性德

人生若只如初见，何事秋风悲画扇。
等闲变却故人心，却道故人心易变。
骊山语罢清宵半，泪雨霖铃终不怨。
何如薄幸锦衣郎，比翼连枝当日愿。

作者简介

纳兰性德（1655—1685），字容若，号楞伽山人，清朝著名词人，大学士纳兰明珠的长子。纳兰性德自幼饱读诗书，文武兼修，19 岁成为贡士，22 岁赐进士。纳兰性德出身于显贵之家，却淡泊名利，深恶官场，常有“山泽鱼鸟之思”。1674 年，纳兰性德与卢氏成婚，后卢氏难产去世，纳兰性德的悼亡之音由此而起。1685 年，纳兰性德不幸染病，溘然而逝，年仅 30 岁。

朗读指导

《决绝词》是古诗中的一种，一般是以女子的口吻控诉男子薄情的文体。诗人引用“拟古”文体，借用汉唐典故，抒发“闺怨”

之情。"人生若只如初见"是这首词中最平淡却又感情最强烈的一句。无论爱人在哪里，无论彼此经历了什么变故，如果是真情所至，初见的刹那永远是清晰难忘的。

正如有一种相遇叫"只如初见"，所有往事都可以化作红尘一笑，唯有初见时的倾心、动情不会忘却！这是多么美妙的人生境界！在任何时候，我们都可以找出这篇小词来读一读，在不同的心境下，你会有不同的感怀。虽然诗人以女子的口吻，抒发了被丈夫抛弃的哀怨之情，但对甜蜜的过往却念念不忘。

世间的感情总是这样无奈，舍不断，情犹在。也许最美的风景，就在你的心中。

葬花吟

曹雪芹

花谢花飞花满天，红消香断有谁怜？
游丝软系飘春榭，落絮轻沾扑绣帘。
闺中女儿惜春暮，愁绪满怀无释处；
手把花锄出绣闺，忍踏落花来复去。
柳丝榆荚自芳菲，不管桃飘与李飞；
桃李明年能再发，明年闺中知有谁？
三月香巢已垒成，梁间燕子太无情！
明年花发虽可啄，却不道人去梁空巢也倾。
一年三百六十日，风刀霜剑严相逼；
明媚鲜妍能几时，一朝飘泊难寻觅。
花开易见落难寻，阶前愁杀葬花人；
独倚花锄泪暗洒，洒上空枝见血痕。
杜鹃无语正黄昏，荷锄归去掩重门；
青灯照壁人初睡，冷雨敲窗被未温。
为奴底事倍伤神，半为怜春半恼春：
怜春忽至恼忽去，至又无言去不闻。
昨宵庭外悲歌发，知是花魂与鸟魂？

花魂鸟魂总难留，鸟自无言花自羞；
愿侬胁下生双翼，随花飞到天尽头。
天尽头，何处有香丘？
未若锦囊收艳骨，一抔净土掩风流；
质本洁来还洁去，强于污淖陷渠沟。
尔今死去侬收葬，未卜侬身何日丧？
侬今葬花人笑痴，他年葬侬知是谁？
试看春残花渐落，便是红颜老死时；
一朝春尽红颜老，花落人亡两不知！

作者简介

曹雪芹（约1715—约1763），名霑，字梦阮，号雪芹，生于江苏南京，清代著名小说家。曹雪芹自幼厌恶八股文，不喜欢四书五经，反感科举考试，反而对诗赋、小说、美食、养生、茶道等感兴趣。1727年，家道中落后，曹雪芹随全家迁回北京，家境从此日渐衰微。曹雪芹的个人经历对其创作《红楼梦》有着非常大的影响，而《红楼梦》也是中国古典小说的巅峰之作。

朗读指导

《葬花吟》是《红楼梦》第 27 回中女主角林黛玉所吟诵的一首古体诗。这首诗有着丰富奇特的想象、暗淡凄清的画面、浓烈忧伤的情调，表达了作者关于“生与死”“爱与恨”的迷茫与思考。在当时的人看来，为落花埋香冢，为落花悲哭作诗，这都是极其“荒唐”的行为，但是痴情者如林黛玉和贾宝玉却觉得理所应当。

这注定是一曲爱情的悲歌，也被认为是林黛玉思想的写照。当我们朗诵这首诗的时候，可以找出《葬花吟》的曲子来伴诵，在古琴的伴奏下，感受林黛玉葬花的心境。全篇朗读下来，我们的情绪也许是悲伤的，但是悲伤背后又有一些的安慰：人生能够遇到心灵互通的爱人，是多么的可贵。

蝶恋花·阅尽天涯离别苦

王国维

阅尽天涯离别苦，
不道归来，
零落花如许。

花底相看无一语，
绿窗春与天俱暮。

待把相思灯下诉，
一缕新欢，
旧恨千千缕。

最是人间留不住，
朱颜辞镜花辞树。

作者简介

王国维（1877—1927），初名国桢，字静安，谥忠悫，清末秀才，著名学者。他在文学、美学、史学、哲学、古文字学、考古学等各方面成就卓著，是我国近现代的学术巨子、国学大师。王国维把西方的哲学、美学与中国的哲学、美学相融合，形成独特的美学思想体系。

朗读指导

《蝶恋花·阅尽天涯离别苦》是诗人为妻子莫氏所作的一首词，大概作于1905年前后。诗人与莫氏在1896年结婚，由于种种原因，两年后诗人开始漂泊各地，与妻子分隔两地，十年间，两人聚少离多。1905年，诗人回到家乡，见到妻子，惊觉妻子年华已老，诗人内心充满了凄楚和内疚。

这是一首关于离别的词作：离别是悲伤，归来也是一种悲伤。全篇文字充满了悲剧的色彩。我们在读这首词的时候，也会感觉悲从中来，为光阴易逝而感叹，为年华老去而神伤。在技术高度发达的今天，也许我们不必再经历诗人这种相隔十年而不得见的煎熬，但多花一些时间和精力陪伴爱人，也是这篇词作给我们的人生启发。

FONGHONG
凤凰联动出品